CHAQUE PIÈCE, 20 CENTIMES. 98e ET 99e LIVRAISONS. | THÉATRE CONTEMPORAIN ILLUSTRÉ | MICHEL LÉVY FRÈRES, ÉD RUE VIVIENNE, 2 BIS

LES ENFERS DE PARIS

CINQ ACTES MÊLÉS DE CHANT

PAR

MM. ROGER DE BEAUVOIR ET LAMBERT THIBOUST

REPRÉSENTÉS POUR LA PREMIÈRE FOIS, A PARIS, SUR LE THÉATRE DES VARIÉTÉS, LE 16 SEPTEMBRE 1853.

DISTRIBUTION DE LA PIÈCE.

JACQUES KERLEBON, jeune fermier	MM.	CHARLES-PÉREY.
GEORGES DE KERVEN		PAUL-DEVAUX.
CHABANAIS, son ami		KOPP.
JACOBUS, usurier		LASSAGNE.
LE BARON CHIKOF		DANTERNY.
JOSEPH, garçon d'hôtel		DELIÈRE.
GRIMPART, usurier / UN GARÇON DE RESTAURANT		CHARIER.
MINGUET, usurier		ÉDOUARD.
UN MONSIEUR		RHÉAL.
UN HABITUÉ DE LA TABLE D'HOTE		JULES.
UN COMMIS / UN GEOLIER		PELLERIN.
SATAN (GENEVIÈVE)	Mlles	SCRIWANECK.
CARMEN		ALICE OZY.
MADAME DE SAINT-ALPHONSE, tenant une table d'hôte	Mmes	GÉNOT.
MADELEINE		DESHAYES.
MARIETTE	Mlles	P. POTEL.
TRONQUETTE		ESTHER.
JENNY		GABRIELLE.
JULIETTE		MARIE.
JULIE, femme de chambre de Carmen		JOLLY.
BERTHE		CLÉMENCE.
UN PETIT GROOM, personnage muet.		

Deux jeunes gens déguisés, hommes et femmes habitués de la table d'hôte, soldats, deux usuriers.

ACTE I.

LE PREMIER SOUPER.

Un cabinet du café Anglais. — Deux portes à droite, au deuxième et au troisième plan. — Fenêtre à gauche au troisième plan. — Au fond, au milieu, une cheminée peinte sur le décor. — A droite et à gauche de la cheminée, consoles chargées d'assiettes, de verres, de bouteilles. — Sur le devant, à droite et à gauche, divans adossés au mur. — Au milieu du théâtre, une grande table ovale toute servie. — Sur cette table, un candélabre à plusieurs branches allumé. — Chaises.

SCENE I.

JENNY, BERTHE, JULIETTE, MARIETTE, DEUX JEUNES GENS, puis LE GARÇON. (*Tous sont costumés. Au lever du rideau ils sont tous assis autour de la table et sur la fin d'un souper..— Ils sont placés dans l'ordre suivant : Jenny, au bout à gauche; à sa gauche, faisant face au public, Berthe; près de Berthe, un jeune homme, au bout de la table, à droite, Mariette ; sur le devant, tournant le dos au public, un jeune homme à la droite de Jenny, puis Juliette à la droite du jeune homme. — Tableau très-animé.*)

ENSEMBLE.

AIR : *Bonne amitié, franchise.* (Souvenirs de jeunesse.)

Amis, vive la vie,
Quand le gai carnaval
D'amours et de folie
Vient donner le signal !

MARIETTE, *se levant et élevant son verre.*

A la santé de monsieur Musard !

TOUS, *élevant leurs verres.*

A Musard !... (*Mariette se rassied.*)

JENNY.

Vivent les bals de l'Opéra !

MARIETTE.

Où l'on fait sauter sa jeunesse !...

JENNY.

Où la vertu cabriole!...

MARIETTE.

Oh! la vertu!... mesdames, ne parlons pas des absents. (*On rit.*)

PREMIER JEUNE HOMME, *sur le devant.*

Ohé! par ici le poulet!...

DEUXIÈME JEUNE HOMME, *derrière la table, le lui jetant.*

Le poulet demandé!...

MARIETTE.

Garçon!... du champagne!...

TOUS.

Garçon!... du champagne!... (*Frappant sur leurs assiettes avec leurs couteaux et chantant sur l'air des Lampions.*)

Du champagne!
Du champagne!
Du champagne!...

LE GARÇON, *entrant par la première porte à droite avec plusieurs bouteilles de champagne.*

Voilà!... voilà!... (*Il pose les bouteilles sur la table et passe à l'extrême gauche.*)

LE PREMIER JEUNE HOMME.

Nom d'un chien!... on ne peut donc pas être servi au café Anglais?...

LE GARÇON.

Monsieur... c'est que nous sommes pleins... nous refusons du monde... vous comprenez... un jour d'Opéra... (*Riant.*) On mange jusque sur les escaliers.

SCENE II.

Les Mêmes, GEORGES, CHABANAIS.

CHABANAIS, *en dehors.*

Mais sapristi!... je meurs de faim, moi!...

GEORGES *en Pierrot, entrant par la première porte à droite avec Chabanais qui est en Polichinelle et voyant du monde.*

Ah!... pardon!... (*A Chabanais.*) Ce cabinet est habité... (*Il veut sortir.*)

CHABANAIS, *le retenant.*

Ça ne fait rien. (*Passant près de la table.*) Messieurs et mesdemoiselles, excusez l'audace d'un polichinelle... Pourrait-on consommer à vos côtés?... Oui... très-bien... Garçon, des crevettes pour trois!...

LE GARÇON.

Voilà! voilà!... (*Il remonte et reste au fond.*)

MARIETTE, *à Chabanais, en s'asseyant sur le bord de la table.*

Jeune présomptueux, qui donc es-tu?...

CHABANAIS.

Je n'ai pas mon passe-port sur moi.

GEORGES, *le tirant par le bras.*

Allons-nous-en!...

CHABANAIS, *à Georges.*

Laisse donc!... (*Georges va s'asseoir sur le divan à droite, sans s'occuper de ce que dit Chabanais, qui se retourne vers Mariette.*) Nous sommes deux étrangers, venus à Paris pour compléter notre éducation... (*Se montrant.*) Narcisse Chabanais... (*montrant Georges*) et Georges de Kerven, mon ami... arrivant de Paimpol, département du Finistère... On a quelques rentes au soleil...

TOUS.

Diable!...

CHABANAIS.

La Bretagne nous vit naître! La Bretagne, sol poétique, pays indompté des longs cheveux et des gens têtus!... Les Bretons seront toujours les Bretons! (*Chantant.*)

Et lon lan la,
Lon la,
Et lon lan la, lon lan la.

(*On rit.*)

MARIETTE.

Où est votre moralité?...

CHABANAIS.

Je l'ai laissée au vestiaire.

TOUS, *riant.*

Bravo!...

MARIETTE, *quittant la table.*

Bien répondu!... Êtes-vous d'un sang noble?... de qui descendez-vous?...

CHABANAIS.

Nous descendons... de diligence.

TOUS, *riant.*

Bravo!... (*Ils se lèvent et quittent la table.*)

MARIETTE, *à Chabanais.*

Polichinelle, tes réponses nous plaisent.

CHABANAIS.

Je suis un assez bon gars. (*Il lui prend la taille; elle lui échappe et passe près de Georges.*)

JULIETTE, *à Chabanais.*

Le fait est que tu as l'air d'un bon zig!...

CHABANAIS, *étonné.*

Zig?... En Bretagne on dit gars... zig est plus harmonieux... et puis, c'est plus facile à prononcer. (*Il lutine Juliette, qui passe près de Mariette.*)

MARIETTE, *à Georges.*

Pierrot... avance à l'ordre!...

GEORGES, *se levant et s'approchant.*

Me voilà!... (*Un des jeunes gens, qui a quitté la gauche et qui a remonté, descend alors à l'extrême droite.*)

MARIETTE.

Pourquoi as-tu quitté le Finistère?...

GEORGES.

Moi?... j'ai voulu vivre!... et la vie, c'est Paris!... Paris, avec ses femmes, ses joies, ses lumières et son bruit!... Oh! les femmes!... (*Il prend la taille de Mariette, qui passe à droite.*)

CHABANAIS, *prenant la taille de Jenny.*

Oh! les femmes!...

GEORGES.

Il nous fallait la vie folle!...

CHABANAIS.

La vie décolletée!...

GEORGES.

Toutes les fantaisies de la Bohême!...

CHABANAIS.

Un luxe à tout casser!...

GEORGES.

Alors, je suis parti.

CHABANAIS.

Nous avons filé immédiatement. (*Pendant la ritournelle de l'air suivant, Georges et Chabanais lutinent Mariette et Juliette, qui, en leur échappant, changent de place.*)

GEORGES.

AIR nouveau de J. Nargeot.

J'ai laissé la pauvre Bretagne,
Lon lan la.
Les pervenches de la campagne,
Lon lan la,
Les chansons du berger qui passe,
Lon lan la,
De l'oiseau libre dans l'espace,
Lon lan la...
J'avais assez de tout cela,
D'entendre toujours lon lan la!

TOUS.

Il avait assez de cela, etc.

CHABANAIS.

DEUXIÈME COUPLET.

Là bas, je rêvais en Bretagne,
Lon lan la,
Les dam's qui se paient du champagne,
Lon lan la!
Les Bretonnes, c'est trop facile,
Lon lan la...
J' veux aimer des femm's de Mabille,
Lon lan la!
Ah! que longtemps ça m'embêta
D'entendre toujours lon lan la!

TOUS.

Ah! que longtemps ça l'embêta, etc.

MARIETTE.

TROISIÈME COUPLET.

A la Maison d'or, chez Vachette,

Lon lan la,
Vous ferez plus d'une conquête,
Lon lan la ;
Et vous trouverez qu'à Mabille,
Lon lan la,
La vertu n'est pas difficile...
Lon lan la !
A Paris, on vous ruinera
Sur un autre air... que lou lan la !

TOUS.

A Paris, on vous ruinera, etc.

(On danse sur la ritournelle.)

MARIETTE.

Reçus à l'unanimité!...

TOUS.

A l'unanimité!... *(On se remet à table dans l'ordre suivant : [Je]nny au bout, à gauche; après elle, face au public, premier [je]une homme, Berthe, Georges; Mariette, au bout, à droite; à la [dr]oite de Jenny, tournant le dos au public, Chabanais; puis Ju[li]ette et le deuxième jeune homme ; le garçon toujours au fond.)*

CHABANAIS, *avant de s'asseoir*,

Garçon! deux couverts de plus!... *(Il s'assied.)*

LE GARÇON.

Voilà! voilà! *(Il met les deux couverts, qu'il prend sur une des [co]nsoles du fond.)*

GEORGES.

Et du champagne!...

CHABANAIS.

Des crevettes pour trois!... des truffes!... des poulets!... des [h]omards!... Tout ce que vous voudrez!... — Garçon!...

LE GARÇON, *qui allait sortir, se retournant.*

Monsieur?...

CHABANAIS, *se levant.*

Tuez-moi un bœuf!... *(On rit, il se rassied.)*

LE GARÇON, *sortant par la première porte à droite.*

Trois crevettes!... truffes sous la serviette!... poulet chasseur! un bœuf!... servez cabinet 81 servez!...

TOUS, *riant.*

Un bœuf!... il l'a dit!

MARIETTE.

A boire! *(On verse.)*

JENNY, *se levant et élevant son verre.*

A la santé de Chabanais! *(Elle se rassied.)*

TOUS, *élevant leurs verres.*

A la santé de Chabanais!

MARIETTE, *se levant et tendant son verre du côté de Chabanais.*

Monsieur Chabanais...

CHABANAIS, *se levant aussi et approchant son verre.*

Mademoiselle... *(Il trinque avec Mariette, qui se rassied. — A part.)* Bigre! la petite me fait de l'œil! *(Il se rassied.)*

GEORGES, *lutinant Mariette.*

Oh! les femmes!

CHABANAIS, *lutinant Jenny et Juliette.*

Oh! les femmes! Nom d'un p'tit bonhomme! *(On entend un air de contredanse.)*

MARIETTE, *levant les yeux au plafond.*

Tiens!... on danse là-haut!

JENNY.

Si nous dansions?

TOUS *se levant.*

C'est ça!...

CHABANAIS, *restant seul à table, buvant et mangeant.*

Sapristi! mais j'ai faim, moi!

JENNY, *le faisant lever.*

Vous souperez en déjeunant... Je vous invite. *(Chacun range son siége. — Les deux jeunes gens mettent la table sur le côté, à gauche.)*

MARIETTE, *se ravisant.*

Ah! ma foi, non! j'ai assez dansé cette nuit! filons!...

JENNY.

D'ailleurs, la carte est payée... *(Remontant et appelant.)* Garçon! nos manteaux! *(Le garçon entre par la première porte à droite.)* Nous partons! *(Berthe et le deuxième jeune homme ont remonté et restent au fond.)*

LE GARÇON.

Partir... mais vous ne le pouvez pas!

MARIETTE.

Pourquoi donc ça?

LE GARÇON.

Il pleut à verse! *(Juliette et Jenny vont à la fenêtre qu'elles ouvrent. On entend la pluie qui tombe avec violence.)*

CHABANAIS.

Ah! bigre de bigre! *(Le garçon sort par la première porte à gauche.)*

JENNY, *à la fenêtre.*

Oh! quel déluge!...

JULIETTE, *de même.*

Et pas une voiture sur le boulevard!

MARIETTE, *remarquant l'air consterné de tout le monde.*

Ah çà, qu'est-ce que vous avez donc tous? Est-ce que vous êtes pétrifiés? La parole est à Polichinelle!... On demande une légende bretonne!..

TOUS, *revenant sur le devant.*

C'est ça! *(Georges reste seul au deuxième plan près de la table, sur laquelle il s'appuie.)*

JENNY.

Sur les farfadets et les korigans de la localité.

CHABANAIS.

Une légende? voilà! Il y avait une fois...

MARIETTE.

Un roi et une reine qui...

CHABANAIS.

Non... *(L'interrompant mystérieusement.)* Il y avait un vieux château qu'on appelait la Roche Noirrré... L'herbe n'y poussait qu'avec une certaine répugnance! ceux qui entraient dans cet immeuble n'en sortaient jamais! c'est que la roche maudite avait pour principal locataire...

TOUS, *avec curiosité.*

Qui donc?

CHABANAIS, *les amenant tous vers la gauche.*

Le diable!

TOUS, *riant.*

Le diable! *(Ils remontent. — Musique à l'orchestre.)*

CHABANAIS.

C'est comme j'ai l'avantage de vous le dire... il y était... et il y est encore!

SCENE III.

LES MÊMES, SATAN. *(Il entre vivement par la deuxième porte à droite et s'appuie contre le chambranle; en trempant un biscuit dans une coupe de champagne.)*

SATAN

Tu te trompes, Polichinelle! il n'y est plus! *(La musique finit par un forté.)*

TOUS, *stupéfiés.*

Hein?...

SATAN, *toujours à la même place.*

Il est au café Anglais, en train de tremper un biscuit dans un verre de champagne. *(S'approchant.)* Mesdames, je suis votre valet. *(Il passe devant tout le monde, va mettre sa coupe sur le table et revient au milieu.)*

ENSEMBLE.

AIR :

Surprise imprévue!
Quoi! dans cet instant,
S'offre à notre vue
Satan,
Oui, Satan!

(Pendant cet ensemble, tout le monde redescend, en examinant Satan avec une curiosité mêlée d'un peu d'inquiétude.)

CHABANAIS, *regardant Satan.*

Ah! c'est un masque!...

TOUS, *riant.*

Ah! bah!...

JULIETTE.

C'est qu'il nous a fait peur!...

SATAN.

Vous ne voulez pas croire à ma diablerie?...

CHABANAIS.

A cause du costume?... Laissez donc, farceur!... Dix francs chez Babin!...

SATAN.

Je te déclare que j'ai quitté la Roche Noire... je m'ennuyais.... je m'étiolais... alors, ma foi, j'ai fait ma malle, et me voilà à Paris, où j'ai des diablotins... (*regardant les femmes*) et des diablesses qui travaillent pour moi...

CHABANAIS.

Ah çà, il veut nous faire poser !...

SATAN.

Mes Enfers de Paris!... Mais c'est un revenu... c'est sûr comme le Lyon ou le trois pour cent.... Paris!.... on s'y damne si gentiment!... Une femme par ci, un verre de punch par là!... et crac!... le tour est fait! A Paris, j'ai de petites embûches, de jolis petits casse-cous, de jolis petits abîmes couverts de camélias... on les connaît, mais ça n'y fait rien... On s'en approche encore... et crac!... le tour est fait!...

JULIETTE, *riant.*

C'est qu'il est très-gentil!...

SATAN.

AIR *nouveau de J. Norgeot.*

Paris est une succursale
Des enfers que l'on connaît peu.
Là que d'accrocs à la morale
Par les femmes et par le jeu!
Ce boudoir où l'on vous attire,
Palais de soie et de velours,
Où rêve le cœur en délire,
Ce boudoir, pays des amours.
Et voilà, mes amis,
Les enfers de Paris!...

TOUS.

Et voilà, mes amis,
Les enfers de Paris!...

SATAN.

Le bacarat où la cagnote
A fait damner plus d'un joueur,
Et la Bourse où chacun agiote,
Ont le Diable pour inventeur...
L'Opéra, tout plein de pierrettes,
Enfer dont Musard est Satan;
La Maison d'or et ses cachettes,
Où chacun se damne... en soupant.
Et voilà, mes amis,
Les enfers de Paris!...

TOUS.

Et voilà, mes amis, etc.

SATAN.

Bref, chacun s' damne dans la vie;
L' portier s' damne en vous attendant,
Dans l' macadam les jours de pluie,
Vous vous damnez en barbottant.
Plus d'un ménage, sur mon âme,
Fait le diable et se damne aussi;
Le mari fait damner sa femme,
La femm' fait damner son mari.
Et voilà, mes amis,
Les enfers de Paris!...

TOUS.

Et voilà, mes amis, etc.

MARIETTE, *riant.*

Drôle de petit bonhomme!

JENNY, *à Satan.*

Et vous nous connaissez?...

SATAN.

Parbleu! (*Présentant tour à tour les femmes à Georges et à Chabanais.*) Mademoiselle Mariette... ayant commencé par la polka au Château-Rouge... de jolis yeux, la dent blanche, le pied de Cendrillon et le cœur tendre. — On fait des envois dans les départements. (*On rit. — Satan va à Jenny.*) Mademoiselle Jenny, jeune rat de l'Opéra, grignottant le premier lion venu... — Il y a un interprète à l'usage des étrangers!... (*On rit. — Satan va à Juliette.*) Mademoiselle Juliette, autre réputation chorégraphique... et cætera, et cætera... (*Il revient au milieu.*) Toutes ces dames ont des voitures, des perruches et des kings-charles.... Leur famille.... elles sont toutes filles de Frétillon... et on leur ôte son chapeau, depuis qu'elles ont fait dorer le cotillon de leur mère!...

TOUS, *riant.*

Ah! c'est charmant!...

MARIETTE.

C'est qu'il est très-drôle!... (*On remonte : restent seulement sur le devant et dans l'ordre suivant : Mariette, Satan et Chabanais.*)

CHABANAIS, *à part.*

Il ne manque pas de littérature... Serait-ce un vaudevilliste?

SATAN.

Mais, vraiment, je parle... je vais... je suis d'une indiscrétion... Ce n'est pas tout d'être un diable, il faut être un diable bien élevé... (*Saluant.*) Mesdames... (*Il va pour s'éloigner, Chabanais le retient.*)

MARIETTE, *allant à la table et remplissant un verre de champagne.*

Allons, Satan!... un verre de champagne!... (*Elle lui présente le verre.*)

SATAN, *le prenant.*

Volontiers... (*Il boit... Chabanais remonte et passe à gauche... Musique à l'orchestre s'enchaînant avec l'air suivant... Satan, après avoir bu, rend le verre à Mariette.*) Merci!.. (*Mariette va remettre le verre sur la table.*) Et maintenant, au revoir... (*Il fait quelques pas vers la porte et se retourne.*) Sans adieu, Georges de Kerven!...

GEORGES, *s'approchant de Satan.*

Il me connaît!...

SATAN.

Nous nous reverrons... à Tortoni... à l'Opéra... j'ai toujours ma loge...

TOUS.

Vous?...

SATAN.

Parbleu!... la loge infernale!... A bientôt, Chabanais!...

CHABANAIS, *surpris.*

Mon nom!...

SATAN, *près de la deuxième porte à droite.*

Au revoir, tout le monde!...

TOUS, *avec étonnement.*

AIR *des Premières armes de Richelieu.*

Fait inouï!...

SATAN.

Fait inouï!

TOUS.

C'est bien ici...

SATAN.

C'est bien ici...

TOUS.

Le diable qui...

SATAN.

Le diable qui...

TOUS.

Nous parle ainsi!

SATAN.

Vous parle ainsi!

(*Il sort par la deuxième porte à droite.*)

SCÈNE IV.

LES MÊMES, *moins* SATAN, *puis* LE GARÇON.

TOUS.

Ah! c'est trop fort!... (*L'orchestre exécute une polka en sourdine.*)

JENNY.

Il nous connaît!...

JULIETTE.

Il nous a intriguées!...

MARIETTE.

Ne sommes-nous pas en carnaval?... Tiens!... les voilà qui polkent là haut!... une polka!... (*Elle prend Georges.*)

TOUS.

C'est ça! (*Jenny prend Chabanais, Juliette le premier jeune homme et Berthe le deuxième jeune homme; puis ils polkent.*)

MARIETTE, *s'arrêtant après quelques mesures.*

Ouf! je demande mon lit!... (*Georges la conduit au divan de droite, sur lequel elle tombe assise. Les autres continuent à polker, mais avec moins de vigueur.*) Pleut-il toujours?

BERTHE, *qui se trouve près de la fenêtre, tout en polkant.*

A verse!...

MARIETTE.

Ah! je tombe de sommeil!... Ma foi, arrangez-vous comme vous voudrez... moi, je dors... (*Bâillant.*) Ah!... (*Elle s'étend sur son divan.*)

JENNY, *bâillant aussi et s'arrêtant, pendant que Chabanais polke tout seul, ainsi que les deux autres couples.*

Ah!... tu nous fais bâiller!...

MARIETTE.

Faites comme moi... couchez-vous! (*Elle s'endort.*)

JENNY.

Tiens, c'est une idée!... (*Elle va se coucher sur le divan de gauche.*)

TOUS.

Oui!... oui!... (*Berthe se met dans un fauteuil au fond, à gauche de la cheminée, le deuxième jeune homme se couche par terre à ses pieds; Juliette s'étend dans un fauteuil, au fond, à droite de la cheminée; le premier jeune homme se met par terre à côté d'elle : Georges prend une chaise qu'il renverse sur le devant du théâtre, un peu à droite, puis il s'assied par terre et pose sa tête sur le dossier de la chaise.*)

CHABANAIS, *polkant toujours.*

Ils se couchent! sapristi! moi qui ai passé la nuit d'hier en diligence et celle-ci à l'Opéra! (*S'arrêtant.*) Tant pis!... je fais comme eux!... (*Il s'assied près de la table, sur laquelle il s'accoude.*) Bonsoir, Georges! (*La polka cesse à l'orchestre. Chabanais s'endort la tête appuyée dans sa main. Les autres, excepté Georges, s'endorment dans leurs diverses positions. Le milieu du théâtre doit être entièrement libre.*)

GEORGES, *couché.*

Bonsoir! (*A lui-même.*) Je suis à Paris... Enfin!... c'est la vie qui s'ouvre pour moi!... et pourtant j'ai une pensée que je chasse en vain... Elle est là!... toujours là!... Madeleine!... Pauvre Madeleine!... Partir sans l'avoir prévenue... Qu'aura-t-elle dit, en ne me voyant pas venir à l'heure accoutumée?...

CHABANAIS, *rêvant.*

Tronquette!... ma petite Tronquette!...

GEORGES, *s'endormant.*

Lui aussi!... il pense à ses amours du pays!.. Madeleine, as-tu pleuré mon départ?... qu'as-tu dit?... et que feras-tu, Madeleine?... (*En disant ces derniers mots, sa tête alourdie est retombée peu à peu : il s'endort tout à fait. Autour de lui, sommeil général. Quelques ronflements.*)

LE GARÇON, *entrant par la première porte à droite.*

Tiens!... la société qui ronfle!... Ah! les faignants!... brûlez donc vos bougies pour ces gens-là!.. (*Il prend le candélabre qui est sur la table.*) Bonsoir, mes gaillards; vous vous réveillerez au grand jour... (*Il sort par la première porte à droite. Nuit complète. — Le fond du théâtre se sépare au milieu et laisse voir une petite chambre en Bretagne : c'est celle de Madeleine. — Au fond, une croisée entourée de fleurs grimpantes; devant cette croisée, une commode sur laquelle il y a deux vases de fleurs. — A droite, une petite table : quelques chaises. — Musique à l'orchestre pendant tout le rêve.*)

SCENE V.

LES MÊMES, *endormis*, MADELEINE, *puis* TRONQUETTE, *et ensuite* JACQUES.

MADELEINE, *seule.*

(*Au moment où le fond s'ouvre, elle est assise près de la table et file au fuseau. Après quelques instants, elle se lève et va à la croisée.*)

Il ne vient pas!... c'est la première fois qu'il est en retard... (*On entend les cloches.*) Les cloches!... Ah! c'est demain la fête de Paimpol... Le cornemusier va venir et l'on dansera... mais faut que je travaille... Je crois que Georges m'aime un peu... et je veux qu'il m'estime, dà!... (*Elle se rassied et travaille en chantant.*)

AIR nouveau de J. Nargeot.

Sonnez, clochettes du village!
Nous mettrons nos plus beaux habits;
Car c'est demain fête au pays,
Et nous danserons sous l'ombrage...
Sonnez, (*bis*) clochettes du village!...

(*Se relevant.*)

Il m'invitera la première...

(*Faisant une révérence.*)

En souriant, je dirai : oui...
Ne suis-je pas sa sœur?... et lui,
N'est-il pas mon ami?... n'est-il donc pas mon frère?
Ah!...

(*Elle va se rasseoir près de la table et se remet à travailler.*)

Sonnez, clochettes du village, etc.

(*La musique continue. Posant sa quenouille sur la table et montrant une petite croix d'or suspendue à son cou.*)

Il y a aujourd'hui trois ans qu'il m'a donné cette petite croix d'or... qui ne me quittera jamais!

GEORGES, *rêvant.*

Bonne Madeleine!... toujours jolie!...

TRONQUETTE, *en dehors.*

Madeleine!.., Madeleine!...

MADELEINE, *se levant.*

Tronquette!...

TRONQUETTE, *entrant vivement par la gauche.*

Vous ne savez pas, not' demoiselle... Partis!... ils sont partis, tous les deux, pour Paris!... Ah! gredin de Chabanais!... si je le tenais!...

CHABANAIS, *rêvant.*

Bonne Tronquette!... elle pense à moi.

MADELEINE, *frappée.*

Partis!... Es-tu bien sûre?...

TRONQUETTE.

Il y a une heure!... par la carriole du père Larigou, qui les a conduits au chemin de fer!... (*Pleurant.*) Ah! gueusard de Chabanais!...

CHABANAIS, *pleurant en rêve.*

Hi! hi! hi!...

MADELEINE, *d'une voix résignée.*

Ils sont à Paris... au milieu de ces dangers dont nous parle mon frère... fais comme moi... prions pour eux... et que l'ange du sommeil leur apporte nos prières!... (*Les deux jeunes filles vont pour s'agenouiller, lorsque Jacques Kerlebon paraît, venant de la gauche, un bâton de voyage à la main.*)

JACQUES.

Madeleine?...

MADELEINE, *se retournant.*

Jacques!... tu pars?...

JACQUES.

Oui... j' vas l' chercher, c' ingrat-là!... et, bon gré mal gré, faudra ben que je l' ramène.

MADELEINE.

Jacques, puisque tu vas dans c'tte grande ville... il y a... une autre personne... que nous avons pleurée ensemble... et si tu voulais...

JACQUES.

Tais-toi... oui, Paris nous a pris notre sœur Geneviève, qui s'est enfuie et qui s'est perdue là-bas... Il est temps encore de sauver Georges... mais Geneviève... c'est fini... elle n'est plus de la famille...

MADELEINE et TRONQUETTE.

Jacques!...

JACQUES.

Ne me parlez jamais de Geneviève, qui nous a oubliés tous!.. Et maintenant, sœur, prie le bon Dieu de bénir mon voyage... (*Il l'embrasse au front.*) Et... demande-lui le retour de ton fiancé Georges!... (*Georges fait un mouvement, comme pour se réveiller. — Madeleine et Tronquette se mettent à genoux; Jacques s'éloigne par la droite. — Le fond se referme : tout disparaît. — La musique se termine par un forté.*)

SCENE VI.

JENNY, CHABANAIS, BERTHE, JULIETTE, GEORGES, MARIETTE, LES DEUX JEUNES GENS.

GEORGES, *se réveillant.*

C'est elle!... c'est Madeleine! (*Il se lève.*)

CHABANAIS, *de même.*

C'est elle!... c'est Tronquette!... (*Il se lève.*)

GEORGES.

Mon ami!...

CHABANAIS.

Mon vieux!... (*Ils se cherchent dans l'obscurité, et se rencontrent au milieu du théâtre.*)

GEORGES.

J'ai rêvé!...

CHABANAIS.

J'ai eu le cauchemar!...

GEORGES.

J'ai vu Madeleine!...

CHABANAIS.

J'ai vu Tronquette!...

GEORGES.

Et Jacques!...

CHABANAIS.

Moi aussi!... Ah! c'est assez particulier, ça!

GEORGES.

Il partait pour Paris!...

CHABANAIS.

Heureusement que c'est un rêve... il est là-bas... bien tranquille...

JACQUES, *en dehors.*

J' vous dis qu'ils sont là!...

GEORGES.

Dieux!...

CHABANAIS.

Cette voix!...

SCENE VII.

LES MÊMES, JACQUES.

JACQUES, *entrant par la première porte à droite, précédé du garçon qui porte un flambeau. — Le théâtre s'éclaire.*

Tenez... les v'là!... (*Le garçon pose le flambeau sur la console du fond, à droite, et sort par la première porte à droite.*)

GEORGES, *stupéfait.*

Jacques!...

JACQUES.

Ah! vous ne m'attendiez point!... J'ai su à votre hôtel que vous deviez aller à l'Opéra, et de là souper dans c' café Anglais... et me v' là!... Est-y possible!... mon bon Dieu!... Toi, Georges... déguisé en Pierrot!... (*Passant près de Chabanais.*) Et toi, Chabanais... en Porichinelle!...

CHABANAIS.

Est-ce que vous trouvez que ça ne me va pas?...

JACQUES.

Oh! si... ça te va... t'as l'air d'un singe... mais, Dieu merci... vous v'là... et je vous remmène!...

CHABANAIS.

Où ça?...

JACQUES.

A Paimpol, donc!...

CHABANAIS.

Dans le Finistère?... Jamais!... voilà ce qu'on lui fait, au Finistère... Tenez!... (*Il fait un pied de nez.*)

JACQUES.

Et toi, Georges?...

GEORGES.

Moi?... jamais!

JACQUES.

Quoi! vous refusez de me suivre!... (*Montrant les dormeurs.*) Et v'là pour quels amis vous nous sacrifiez! Allons Georges, un bon mouvement... viens... viens avec moi... moi, ton ami! moi, qui t'aime comme un frère! moi, qui me jetterais dans le feu pour toi!... Tu viendras, pas vrai?... (*Silence de Georges, qui se détourne.*) Tu ne réponds point?...

AIR : *Le luth galant.*

Quoi! pour Paris et son attrait menteur,
Ton cœur oublie un passé de bonheur...
Le village et la croix où v'nait prier ta mère!...
(*Lui prenant la main.*)
A tous ces souvenirs ton âme est étrangère!...
(*Georges retire sa main.*)
Tu repousses ma main!... Ah! Paris, je l' vois, frère,
T'a déjà pris ton cœur! (*bis.*)

GEORGES.

Laisse-moi, Jacques, laisse-moi!

JACQUES, *plus pressant.*

Et Madeleine!... Madeleine qui t'aime!... à qui qu't'étais fiancé...

GEORGES, *avec effort, et sans regarder Jacques.*

Je rends à Madeleine sa liberté.

JACQUES, *après un silence.*

Ah! c'est comme ça! Adieu, Georges!... (*Il se dirige vers la première porte à droite et se retourne avant de sortir.*) Tu veux te perdre, j'l'abandonne! Les bons se retirent de toi!... Et maintenant, vois-tu, que le diable t'emporte! (*Il fait encore quelques pas pour sortir, et se retourne de nouveau.*) Oui! que le diable t'emporte! (*Il sort précipitamment par la première porte à droite.*)

GEORGES, *qui est resté un moment indécis au milieu du théâtre, allant à la table et se versant un verre de champagne qu'il avale.*

Le diable!... Eh bien, soit!...

SCENE VIII.

LES MÊMES, *excepté* JACQUES, SATAN.

SATAN, *paraissant vivement par la deuxième porte à droite, et demeurant là appuyé contre le chambranle, comme à sa première entrée.*

Georges de Kerven, j'accepte!... (*L'orchestre exécute en sourdine la ronde des Enfers de Paris jusqu'au baisser du rideau.*)

GEORGES, *se retournant et posant son verre sur la table.*

Encore!... Eh! monsieur, cette plaisanterie me fatigue.

SATAN.

Ah! tu trouves que je plaisante... Georges, tu as eu tort de repousser Jacques... tu es un gentillâtre passablement ruiné, mon bon... il te reste deux cent mille francs de capital, un vieux château vermoulu... et l'argent roule vite à Paris. Jacques, le fermier, est dix fois plus riche que toi... et Madeleine t'aimait...

GEORGES.

Mais qui donc es-tu, toi, qui nous connais tous?

SATAN.

Qui je suis?... que t'importe! (*Riant.*) Admets que je sois Satan!... Ah! tu veux mordre au fruit défendu! tu veux connaître mes enfers de Paris! Eh bien!... eh bien! Georges de Kerven... à nous deux! (*Il disparaît par la deuxième porte à droite, qui se referme sur lui.*)

GEORGES, *hors de lui.*

Ah! je saurai qui tu es! (*Il s'élance, ouvre la porte par laquelle Satan est sorti et disparaît sur ses traces.*)

CHABANAIS, *le suivant.*

Georges! mon vieux! n'y va pas!... (*Criant de toutes ses forces.*) Garçon!... à moi! à moi, la maison! (*Tous les dormeurs se réveillent en tumulte et se lèvent.*)

TOUS, *entourant Chabanais.*

Qu'est-ce qu'il y a?

CHABANAIS, *à moitié fou.*

Georges... mon ami... Jacques qui arrive... alors... le diable... il avait des cornes...

MARIETTE, *riant.*

Il est fou!

TOUS, *riant.*

Il est fou! (*Ils remontent.*)

CHABANAIS, *se précipitant vers Georges, qui reparaît par la même porte.*

Georges!... Eh bien?

GEORGES.

Enfui!... Personne! plus personne! (*Tout le monde, excepté Georges et Chabanais, s'élance vers la deuxième porte à droite, que l'on ouvre. — Tableau animé. — Le rideau tombe.*)

ACTE II.

ON FERA UN PETIT LANSQUENET.

Un salon chez madame Saint-Alphonse. — Porte au fond. — Une seconde porte au deuxième plan, à gauche. — Une porte dérobée au premier plan, à droite. — Une cheminée au premier plan, à gauche. — Un piano adossé au mur de droite, au deuxième plan : tabouret de piano. — Une causeuse sur le devant, à gauche. — Au milieu du théâtre, une grande table ovale recouverte d'un tapis vert, sur laquelle sont deux flambeaux allumés. — Candélabres sur la cheminée. — Girandoles de chaque côté de la porte du fond. — Albums sur la cheminée. — — Musique sur le piano. — Fauteuils, chaises, etc. — Toutes les bougies sont allumées comme pour une soirée. — Deux petites consoles de chaque côté de la porte du fond.

SCENE I.

Mme SAINTE-ALPHONSE, *assise à droite, et faisant ses comptes sur un petit carnet.*

Dix mille francs de plus que l'année dernière... nous sommes en bénéfice... (*Se levant et mettant son carnet dans sa poche.*)

Voilà ce que c'est que d'être à la tête d'une maison honnête, d'une table d'hôte bien tenue... (*Rires au dehors.*) Ah! mes chers pensionnaires ont fini de dîner! (*Entrent par le fond, en riant, Georges avec Jenny, à laquelle il donne le bras, le baron Chikof, et hommes et femmes habitués de la table d'hôte.*)

SCENE II.

JENNY, GEORGES, Mme SAINT-ALPHONSE, CHIKOF, HABITUÉS DES DEUX SEXES, *puis* CHABANAIS.

CHOEUR.

AIR : *Allons, à table!* (M. le vicomte. — J. Nargeot.)

Vive la table!
Plus de chagrin,
Auprès d'un convive aimable, (*bis*)
Et lorsque chaque verre est plein!

(*Pendant ce chœur, Georges a conduit Jenny près de la causeuse, où elle s'est assise : il reste debout à côté d'elle. — Les autres dames s'asseyent à droite et à gauche. — Chikof a l'air de faire des compliments à madame Saint-Alphonse, qui remonte après l'entrée de Chabanais, et passe à gauche, tout en causant avec ses convives, dont quelques-uns feuillètent des albums.*)

CHABANAIS, *entrant par le fond et descendant à la gauche de Chikof.*

J'ai dîné comme un Dieu! c'est miraculeux! pour trois francs par tête, un festin de Baltazard!... Comment diable peut-on faire ses frais?

CHIKOF.

On perd sur chacun en particulier... mais on se rattrape sur la quantité.

CHABANAIS.

Ai-je tapé sur la barbue!.. et vous aussi, commandant!

CHIKOF, *gravement et passant près de Mme Saint-Alphonse.*

Madame de Saint-Alphonse, vous avez une cave admirable!... Ah! nous autres Polonais, nous ne dédaignons pas les vins de France.

CHABANAIS.

Vous êtes Polonais, commandant?

CHIKOF, *revenant à lui.*

J'ai cet honneur, monsieur, un enfant de la Petite-Pologne, rue du Rocher... Vous avez sans doute entendu parler du baron Chikof?

CHABANAIS.

Chikof?... Attendez donc!.. oui!... ah! non! je confonds avec Chicard. (*On rit.*)

CHIKOF, *avec emphase.*

Je suis le baron Chikof... Oh! mon pays!... monsieur, permettez-moi d'essuyer une larme.

CHABANAIS, *lui serrant la main.*

Essuyez, commandant, essuyez... mais c'est égal, voyez-vous, les Polonais seront toujours les Polonais!..

CHIKOF, *d'un ton très-ému.*

Merci, jeune homme, merci!.. vous avez du cœur! (*Tirant un papier de sa poche.*) Permettez-moi de vous inscrire sur cette liste de souscription.

CHABANAIS.

Avec plaisir.

CHIKOF, *après avoir écrit avec un crayon.*

C'est dix francs.

CHABANAIS, *à part.*

Aïe! (*Il donne de l'argent à Chikof et remonte avec lui de droite à gauche.*)

Mme SAINT-ALPHONSE, *descendant la scène, à gauche.*

Messieurs, on prépare le café. (*A Jenny.*) En attendant, dites donc, ma petite Jenny, mettez-vous donc au piano... et jouez-nous cette polka, vous savez. (*Elle va au piano et prépare de la musique.*)

JENNY, *se levant.*

Mais je n'ai pas ma musique.

Mme SAINTE-ALPHONSE.

Dieu! ma petite, ne soyez donc pas façonnière comme ça... monsieur Georges sera enchanté de vous entendre.

GEORGES.

Certainement. (*A Jenny.*) Acceptez mon bras, mademoiselle. (*Il la conduit au piano; elle s'y assied, prélude et joue une polka sur le dialogue qui suit.*)

CHIKOF, *descendant à gauche, ainsi que Chabanais, et continuant sa conversation avec lui.*

Oui, monsieur... pour ma part, j'ai tiré la vieille épée de mes pères, tous morts sur les champs de bataille!

CHABANAIS.

Il y a des gens qui ont de la chance!..

CHIKOF.

Ah! monsieur!.. permettez-moi d'essuyer une larme! (*Il passe au milieu. Madame Saint-Alphonse sort par le fond.*)

CHABANAIS.

Essuyez donc, commandant... Que vous êtes bête de vous gêner avec moi!

CHIKOF.

Chassé de ma patrie pour mes opinions qui paraissaient excentriques, je me suis réfugié en France... et je fréquente cette table d'hôte.

CHABANAIS.

Où vous découpez avec une grâce..

Mme SAINT-ALPHONSE, *rentrant par le fond.*

Le café est servi.

TOUS, *se levant.*

Ah! (*Jenny quitte le piano.*)

GEORGES, *à Jenny.*

Mademoiselle, vous jouez à ravir! (*Il continue de lui parler bas.*)

CHABANAIS, *à Chikof.*

Votre bras, baron.

CHIKOF.

Vous avez du cœur, jeune homme...

CHABANAIS.

Encore!.. (*Il va pour fouiller à sa poche.*)

CHIKOF.

Votre main!...

CHABANAIS.

Ah!... (*Il lui donne la main.*)

CHIKOF.

Vous êtes digne...

CHABANAIS, *l'interrompant, avec enthousiasme.*

Ah! baron!... cette soirée sera le plus beau jour de ma vie! permettez-moi d'essuyer une larme!

CHIKOF.

Essuyez, jeune homme, essuyez!

CHOEUR.

AIR *de la Nuit de Noël.*

Le café nous réclame :
Allons,
Messieurs, offrons
Le bras à chaque dame;
Ici nous reviendrons!

(*Chikof, Chabanais, Georges, Jenny, et tous les convives sortent par le fond. — Madame Saint-Alphonse ferme la porte, écoute un moment, puis descend la scène mystérieusement. — Musique à l'orchestre.*)

SCENE III.

Mme SAINT-ALPHONSE, *puis* SATAN.

Mme SAINT-ALPHONSE, *s'approchant de la cheminée et tirant des cartes d'une cachette pratiquée dans le chambranle.*

Diantre!.. il m'en faut d'autres... J'avais pourtant fait dire à mame Monicart de m'en envoyer. (*En entendant ouvrir la porte du fond, elle met vivement les cartes dans sa poche.*)

SATAN, *entrant par le fond; il est en vieille femme, porte un cabas en tapisserie, et parle d'une voix chevrotante.*

Pardon, mame Saint-Alphonse... (*La musique finit par un forté.*) Je viens de la part de mame Monicart.

Mme SAINT-ALPHONSE, *avec joie.*

Ah!... très-bien! (*A part, examinant Satan.*) C'est étonnant.. voilà un visage qui m'est inconnu... serait-ce un piége?

SATAN.

Ah! cré coquin de sort!.., j' suis-t-y fatiguée, ma pauvre mame Saint-Alphonse!... bédame! j' suis plus jeune... savez-vous qu' j'ai soixante et dix ans... Ah! tant pire, je m'asseois. (*Il s'assied à droite.*)

Mme SAINT-ALPHONSE, *après un silence, et l'examinant toujours d'un air méfiant.*

C'est mame Monicart qui vous envoie? (*Elle s'approche de Satan.*)

SATAN.

Oui, c'tte pauvre Monicart! v'là z'une bonne et digne femme, qui s'occupe d'être utile à la jeunesse!... et dire que ces jours-ci la police voulait l'inquiéter!

Mme SAINT-ALPHOSE, *avec effroi.*

La police!... Ah! mon Dieu!...

SATAN, *se levant et passant à gauche.*

Mais taisez-vous donc! (*A voix basse.*) Comme on la surveille de près, elle m'a dit comme ça, à c' matin: « Dites donc voir un peu, mame Roustoubique... » (Faut vous dire que je suis sa voisine, la veuve Roustoubique, pour vous servir, tireuse de cartes et ouvreuse de loges aux Délass-Com'!... (*Il fait une courte révérence et prend une prise de tabac.*) « Dites donc voir un » peu, mame Roustoubique, qu'elle m'a dit dit-elle, on reluque » mes faits et gestes... faut que j' *soye* prudente... alors, je n' » peux pas envoyer pour mes commissions la femme que j'em- » ploie d'ordinaire, vu que son *facès* est connu comme le loup » blanc, qu'on la suivrait, qu'on la pincerait et qu'on la mettrait » probablement z'à l'ombre!... Vous, mame Roustoubique, » qu'êtes connue dans le quartier pour une honnête femme, faut » que vous m'rendiez l' service de porter ça à mame Saint-Al- » phonse... la table d'hôte du boulevard des Italiens. — Bon! » qu' j'ai dit, ça me va!... » Alors, j'ai pris mes cliques et mes claques... j'ai couru comme une petite folle... et me v'là!... Cré coquin d'sort!... ouf!... J'en peux plus!... (*Il tombe sur la causeuse et s'évente avec son mouchoir.*)

Mme SAINT-ALPHONSE, *à part.*

Cet accent est pourtant assez naturel.

SATAN.

Tiens!... que j' suis bête!... moi qu'oubliais... tenez... les v'là... (*Il lui donne deux petits paquets de cartes qu'il tire de son cabas.*)

Mme SAINT-ALPHONSE, *après un petit silence, et toujours avec soupçon.*

Comment est-ce préparé?...

SATAN.

Pardine!... comme à l'ordinaire... vous faites couper les deux gros paquets... ces deux petits-là, ça s'intercale... et on passe douze fois avec chacun... Dites à vos hommes de se régler là-dessus. (*Il se lève et passe à droite.*)

Mme SAINT-ALPHONSE, *à part.*

Allons, c'est une honnête femme!... (*Haut.*) Je vous avais soupçonnée, madame Roustoubique...

SATAN.

Oh!...

Mme SAINT-ALPHONSE.

Je vous en demande pardon... entre braves gens, faut pas s'en vouloir... embrassons-nous... ça va-t-il?...

SATAN.

De grand cœur, mame Saint-Alphonse. (*Ils s'embrassent.*)

SCENE IV.

LES MÊMES, CHIKOF, *et les* HABITUÉS (*hommes*); *puis* JENNY.

TOUS, *entrant par le fond en riant.*

Ah! ah! ah!... (*Madame Saint-Alphonse met les deux paquets de cartes dans sa poche.*)

CHIKOF, *descendant à gauche.*

Ils sont un peu lancés! (*Voyant Satan.*) Quelle est cette vieille?...

Mme SAINT-ALPHONSE.

Une amie à mame Monicart... qui m'apporte la chose en question... Eh bien!... et nos deux nouveaux convives?... (*Satan s'assied à droite, près de la table.*)

CHIKOF.

Jenny les retient en les faisant causer.

Mme SAINT-ALPHONSE.

Ah!... Chikof!... j'ai des reproches à vous adresser... à table, vous buviez... vous buviez... ma maison n'est pas un cabaret... (*On rit.*)

CHIKOF.

Là!... là!... est-ce que tu vas faire des manières avec les amis?... parce que tu as des plumes sur la tête!... (*On rit.*)

Mme SAINT-ALPHONSE.

Chikof, vous êtes un insolent!...

CHIKOF.

Allons... ne nous brouillons pas pour si peu... voyons... embrassons-nous... (*Madame Saint-Alphonse hésite.*) Allons donc!... (*Ils s'embrassent.*)

SATAN, *riant.*

Hé!... hé!... ils sont gentils, ces deux amours!

CHIKOF.

Et plus de querelles dans la maison Saint-Alphonse...

SATAN, *toujours assis.*

Et compagnie!... Table d'hôte, à six heures, boulevard des Italiens, tenue par mame de Saint-Alphonse, femme d'âge, qui a z'évu des malheurs, veuve d'un colonel...

CHIKOF, *à madame Saint-Alphonse.*

Dis donc, si l'on savait que tu t'appelles Sophie Moulin, ex-revendeuse à la toilette?... (*Riant.*) Hi! hi! hi! (*On rit.*)

Mme SAINT-ALPHONSE.

Tout ça... c'est des cancans... et v'là tout... à preuve les circulaires que j'envoie dans les hôtels... à messieurs les étrangers. « Vous êtes invité à venir passer la soirée chez madame » de Saint-Alphonse... on se mettra à table à six heures. »

SATAN.

« Post-scriptum: — On fera un petit lansquenet. » (*Riant.*) Hi! hi! hi!

Mme SAINT-ALPHONSE.

« La meilleure société fréquente les salons de madame de » Saint-Alphonse... à preuve... le baron Chikof... »

CHIKOF.

Présent!

Mme SAINT-ALPHONSE.

« Réfugié polonais... qui a eu des malheurs... » (*Riant.*) Dis donc, si l'on savait que tu te nommes Thomas Crochard, ex-pilier d'estaminet, très-fort sur le carambolage... et au piquet, quand tu fouilles dans tes écarts. (*On rit.*)

CHIKOF.

Eh bien!... après?... est-ce que nous ne nous valons pas tous?...

SATAN, *se levant et venant au milieu.*

Pardine, mes petits enfants, vous corrigez la fortune, quand elle louche en vous regardant... et v'là tout. Vous travaillez comme ça à vous rendre l'as de cœur favorable. Vous avez des titres, mes petits lapins; vous êtes comme qui dirait les chevaliers du lansquenet, les vicomtes du baccarat... et cætera... et cætera... c'est-y votre faute, après tout, si le monsieur, qui a dîné pour ses trois francs comme un coq en pâte, perd dix mille francs à son dessert?... Mais faut du silence, mes petits agneaux, de l'adresse et du silence... et avec ça, on devient riche comme des marquis de Carabas!

CHIKOF.

T'as raison, la vieille.

SATAN.

Cré coquin d' sort!... ya d' la place pour tout l' monde sur l' pavé d' Paris!

AIR *de Pilati.*

Pour notre industrie
Faut de l'adresse; et, mes amis,
La Californie
Est sur l'asphalte de Paris.
La fortun' rebelle
N'est pas au bout de l'univers...
Quand l'gaz étincelle,
Elle rit sur nos tapis verts.
Guerre à vos sacoches,
Etrangers de tous les pays!
Pour vider les poches,
Viv' le lansquenet de Paris!

TOUS, *en faisant sonner leurs écus dans leurs poches.*

Guerre à vos sacoches, etc.

SATAN.

DEUXIÈME COUPLET.

Profitant d' la chance,
Quand on fait la banqu', mes enfants,
Pour être régence,
Faut toujours partir de dix francs.
Comme à la roulette,
Soyez graves, car, voyez-vous,
Faut un air honnête
Quand on fait le métier d' filous!
Guerre à vos sacoches, etc.

TOUS, *même jeu que ci-dessus.*

Guerre à vos sacoches, etc.

SATAN, *parlé.*

Moralité de la chose. (*On se rapproche de lui.*)

TROISIÈME COUPLET.

Pourtant prenez garde ;
Les profits n' sont pas toujours bons.
Quelquefois la garde
Est brutale avec les fripons.
Faux baron, faux prince,
En vain vous aurez filouté....
La loi, qui vous pince,
Vous conduit d'vant l'autorité !

(*Tous se détournent avec crainte, et Satan, qu'ils ne regardent plus, chante le refrain avec sa voix naturelle.*)

Et punis par elle,
Vous verrez toujours, mes amis,
En correctionnelle
Finir tous les grecs de Paris !

(*Ils se retournent tous vers Satan, qui reprend alors sa voix de vieille pour la reprise.*)

TOUS, *piano.*

Et punis par elle, etc.

SATAN.

C'est égal, mes petits agneaux... nous sommes tous pas mal canailles comme ça !... (*On rit.*)

Mme SAINT-ALPHONSE.

Elle est charmante !...

CHIKOF.

Elle me va, c'tte vieille-là !...(*Il prend la taille de Satan, qui le repousse en riant.*)

SATAN.

Cré coquin de sort !... ça m'rajeunit de vous voir !... Adieu, mes bibis, soyez bien sages... A la chose de vous revoir, mame Saint-Alphonse... (*Il fait une révérence et remonte pour sortir.*)

JENNY, *entrant vivement par le fond, et à voix basse.*

Les voilà !... les voilà !...

Mme SAINT-ALPHONSE.

Diable !... (*Ouvrant vivement la petite porte à droite.*) Tenez, mame Roustoubique, passez par là... ça vous descendra rue de Marivaux...

SATAN.

Bien obligée, mame Saint-Alphonse... (*Faisant une nouvelle révérence.*) Bonsoir, mes bons chéris.

REPRISE ENSEMBLE, *très-piano.*

Guerre à vos sacoches, etc.

(*Satan sort par la droite ; madame Saint-Alphonse l'accompagne et disparaît un moment avec lui. — Entrent alors par le fond les femmes habituées, qui vont se rasseoir, Georges et Chabanais. — Jenny s'est mise au piano et fait de la musique. — Chikof s'est adossé à la cheminée et prend un album qu'il parcourt.*)

SCÈNE V.

CHIKOF, CHABANAIS, GEORGES, JENNY, HABITUÉS DES DEUX SEXES ; *puis* Mme SAINT-ALPHONSE.

CHABANAIS, *entrant le dernier avec Georges, et entendant le piano.*

De la musique !... Bravo !

GEORGES, *désignant Jenny, bas à Chabanais.*

Elle m'a donné son adresse, mon ami !...

CHABANAIS, *bas.*

Ah ! le gaillard !...

GEORGES *et* CHABANAIS, *s'approchant de Jenny, qui joue toujours du piano.*

Délicieux !... délicieux !... quel talent !

Mme SAINT-ALPHONSE, *rentrant par la droite, dont elle referme la porte, traversant le théâtre et faisant signe à Chikof, qui remet son album sur la cheminée et vient près d'elle. Bas.*

Tenez... (*Elle lui glisse les deux petits paquets de cartes, que Satan lui a remis.*) C'est vous qui aurez la chance ce soir...

CHIKOF, *bas.*

Bon !... (*Il met les deux petits paquets dans sa poche.*)

Mme SAINT-ALPHONSE, *bas.*

Voilà la chose... on passe douze fois avec chaque jeu.

CHIKOF, *bas.*

Parfait !...

Mme SAINT-ALPHONSE, *à haute voix, et s'éloignant de lui, en remontant.*

Non, baron, non... pas ce soir !...

TOUS.

Quoi donc ?...

Mme SAINT-ALPHONSE.

C'est le baron qui se croit en veine et qui veut absolument faire une petite partie...

QUELQUES PERSONNES.

Oui... oui... une petite partie ! (*Jenny cesse de jouer et quitte le piano.*)

GEORGES, *s'approchant.*

Mais, certainement...

CHABANAIS, *descendant la scène.*

Je risquerai volontiers cinquante centimes.

Mme SAINT-ALPHONSE, *derrière la table.*

Allons, puisque tout le monde le veut... (*Elle prend des cartes sur la console, à gauche, et les met sur la table.*) Messieurs, voici les cartes... asseyez-vous. (*Chikof, madame Saint-Alphonse, Jenny, Georges, Chabanais et un habitué prennent place autour de la table et s'asseyent, à l'exception de Georges, qui reste debout entre Jenny et Chabanais. Les autres habitués forment galerie.*)

JENNY.

Ah ! mon Dieu ! j'ai oublié ma bourse !

GEORGES, *avec empressement.*

Mademoiselle, permettez-moi d'être votre banquier. (*Il met de l'argent devant elle.*)

CHABANAIS, *à part.*

Cette petite me fait l'effet de cultiver la carotte.

Mme SAINT-ALPHONSE, *donnant les cartes à Chabanais.*

Monsieur Chabanais, à vous la banque... battez fort... bien fort...

CHABANAIS, *à Jenny.*

Coupez... (*Il met une pièce de monnaie sur la table.*) Il y a cinquante centimes...

L'HABITUÉ, *mettant au jeu.*

Je les fais.

CHABANAIS, *jouant.*

Neuf... neuf... gagné ! (*Il va pour prendre son argent, puis, se ravisant.*) Il y a un franc.

Mme SAINT-ALPHONSE.

Tant pire... je me risque... je les fais... (*Elle met au jeu.*)

CHABANAIS, *jouant.*

Huit... huit... gagné ! (*Ramassant son argent et posant les cartes sur la table.*) Je passe la main. (*On rit. Il se lève.*)

GEORGES, *prenant la place de Chabanais.*

Je la prends... (*Mettant au jeu.*) Un franc. (*Il prend les cartes.*)

L'HABITUÉ.

Je tiens ! (*Il met au jeu.*)

GEORGES, *jouant.*

Roi... as... as... j'ai perdu. (*Il passe les cartes à Jenny. L'habitué ramasse son gain.*)

CHABANAIS, *à part.*

Ai-je eu du nez de passer la main !...

JENNY, *mettant au jeu.*

Il y a cinq francs.

CHIKOF, *de même.*

Je tiens !

JENNY, *jouant.*

Gagné !... il y a dix francs.

CHIKOF.

Je tiens !... (*Chabanais remonte et passe à la droite de Chikof.*)

JENNY, *jouant.*

Encore gagné... vingt francs ! ..

CHIKOF.

Je tiens !...

CHABANAIS, *à Chikof.*

Vous êtes imprudent, baron... il ne faut jamais courir après son argent.

JENNY, *jouant.*

Encore gagné... je passe...

CHIKOF, *s'emparant des cartes.*

Je prends. (*Jenny ramasse son gain. — Chikof tire vivement de sa poche un des petits paquets que lui a donnés Mme Saint-Alphonse, et le met sur le gros jeu. Pendant ce temps, Mme Saint-Alphonse et Jenny occupent Georges. L'orchestre exécute l'air des Enfers de Paris.*)

CHABANAIS, *qui a remarqué le mouvement de Chikof, poussant une exclamation.*

Ah!

TOUS.

Quoi donc?

CHABANAIS, *vivement.*

Rien... rien.. c'est une crampe dans le mollet. (*A part.*) Il a tiré des cartes de sa poche, je l'ai vu... (*Il suit le jeu avec anxiété.*)

CHIKOF.

J'ai confiance dans cette main-là, moi... Voyons... (*Mettant au jeu.*) Il y a quarante francs.

GEORGES.

Je les tiens. (*Il met au jeu.*)

Mme SAINT-ALPHONSE, *à part.*

Ils sont faits.

CHIKOF, *jouant.*

Sept... neuf...(*Il tourne une autre carte.*) Il y a quatre-vingts francs.

GEORGES, *mettant au jeu.*

Banquo. (*Chabanais remonte et passe à la gauche de Georges.*)

CHIKOF, *après avoir joué.*

Il y a cent soixante francs.

GEORGES, *s'animant et mettant au jeu.*

Banquo... (*Chikof joue.*)

CHIKOF.

Décidément, j'ai la veine... Il y a seize louis.

GEORGES, *s'animant de plus en plus.*

Je les fais! (*Il met au jeu.*)

CHABANAIS, *bas à Georges.*

Georges... ne joue pas, je t'en prie.

GEORGES.

Laisse-moi donc!... (*Pendant ce temps Chikof a joué.*)

CHIKOF.

Ah! vous avez du malheur!... Trente-deux louis, messieurs!

GEORGES, *tirant de sa poche un portefeuille qu'il met sur la table devant lui.*

Je les fais... banquo!... (*Il se lève.*)

CHABANAIS, *s'élançant et s'emparant du portefeuille.*

Non, je ne veux pas!

GEORGES.

Laisse-moi, te dis-je! (*Murmures des habitués.*)

CHABANAIS.

Je garde le portefeuille, parce que... parce que l'on te vole!

TOUS, *se levant.*

Oh! (*Les femmes se réunissent au fond, excepté Mme de Saint-Alphonse qui s'occupe à ramasser les cartes sur la table.*)

CHABANAIS.

Parce que le baron Chikof est un filou, voilà...

CHIKOF, *tout en ramassant sur la table les enjeux qu'il met dans sa poche.*

Monsieur, cette injure veut du sang! (*Mme Saint-Alphonse, qui a relevé toutes les cartes, va les mettre dans la cachette de la cheminée.*)

CHABANAIS, *à Chikof.*

Laissez-moi donc tranquille, vieux farceur! Vous n'êtes pas plus Polonais que le Grand Turc, vous avez tiré des cartes de votre poche. Je vais porter ma plainte au commissaire! (*Il remonte.*)

TOUTES LES FEMMES, *effrayées et poussant des cris.*

Ah!... ah!... (*Elles sortent par le fond, excepté Mme de Saint-Alphonse.*)

CHIKOF, *allant fermer la porte du fond.*

Vous ne sortirez pas! (*Mme de Saint-Alphonse, qui a remonté près de lui, cherche à le calmer.*)

CHABANAIS, *redescendant.*

Sapristi!... les femmes ont filé... comme au cinquième acte de Lucrèce Borgia!... (*A Georges.*) Mon ami, nous sommes dans un repaire!...

GEORGES.

Le premier qui avance, malheur à lui!... (*Il s'empare d'une chaise.*)

CHIKOF, *descendant à gauche.*

Une rixe!... eh bien, soit!... (*Chikof et les autres s'emparent également de chaises qu'ils lèvent en l'air. Madame Saint-Alphonse reste à la porte du fond qu'elle entr'ouvre, et fait le guet.*)

CHABANAIS, *désespéré, criant.*

Une porte!... cordon, s'il vous plaît! (*Musique à l'orchestre.*)

SCÈNE VI.

CHIKOF, Mme SAINT-ALPHONSE, CHABANAIS, GEORGES, SATAN, HOMMES HABITUÉS; *puis* UN MONSIEUR, SOLDATS.

SATAN, *en costume de gamin de Paris, entrant par la porte du premier plan, à droite, et la montrant à Chabanais.*

Voilà, mon bourgeois!

CHABANAIS.

Oh! quelle chance!... viens, Georges... viens, ma vieille!... (*Il l'entraîne et sort avec lui par la porte de droite qui se referme aussitôt au nez de Chikof.*)

CHIKOF, *levant sa chaise et venant vers Satan.*

Ah! méchant gamin!... tu paieras pour eux!

SATAN, *se mettant en garde à la manière des gamins.*

De quoi?... de quoi?... nous faisons les malins avec papa!

(*Bruit de fusils au dehors.*)

Mme SAINT-ALPHONSE, *au fond.*

La garde!... (*Tous effrayés lâchent leurs chaises.*)

CHIKOF.

Détalons!... (*Il court à la porte de droite qui s'ouvre, et il se trouve en face de deux soldats qui lui barrent le passage. — Les autres, qui ont tenté de fuir par les autres portes, les trouvent également envahies par des soldats. — A celle du milieu est, de plus, un monsieur en habit noir.*)

SATAN, *d'un air goguenard à Chikof, en lui montrant les soldats.*

Passez donc, mon prince!

CHIKOF.

Pincés!...

LE MONSIEUR, *en habit noir.*

Sophie Moulin, dite Saint-Alphonse... Thomas Crochard, dit baron Chikof... et vous tous... au nom de la loi, je vous arrête. (*Les soldats s'assurent des joueurs, qui cherchent à leur échapper, sans succès.*)

CHIKOF, *à Satan.*

Mais qui donc es-tu, toi, qui nous as tous trahis?...

SATAN.

Moi?... je suis un gamin de Paris, qui voyage pour sa santé!... Enlevé! c'est pesé! (*Les joueurs font encore une tentative pour se sauver. — Ils sont contenus par les soldats. — Satan leur fait des pieds de nez. — L'orchestre exécute très-fort le refrain de l'air : Guerre à vos sacoches. — Le rideau tombe sur ce tableau.*)

ACTE III.

CHEZ CARMEN.

A la Chaussée-d'Antin. — Un boudoir à pans coupés. — Ameublement style Pompadour. — Porte au fond. — Deux autres portes garnies de portières en tapisserie, dans les pans coupés de droite et de gauche. — Une quatrième porte au second plan, à droite. — Une cheminée au second plan, à gauche. — Sur le devant à droite, adossée au mur, une toilette garnie de tous ses accessoires. — A côté de la toilette, un sofa et un petit tabouret de pied. — A gauche, sur le devant, un guéridon sur lequel il y a un plateau avec carafon de malaga et petits verres; plus un jeu de cartes et des marques. — Sur la cheminée, des cigarettes et un porte-allumettes garni. — Fauteuils, chaises, vases, porcelaines, fleurs, chinoiseries, etc.

SCÈNE I.

JULIETTE, BERTHE, JENNY, MARIETTE, *puis* JULIE.

(*Au lever du rideau, Mariette est assise sur le sofa devant la toilette, et retouche sa coiffure en se regardant dans un petit miroir à main; Juliette et Jenny, assises au guéridon, en face l'une de l'autre, jouent aux cartes; Berthe, debout derrière le guéridon, les regarde jouer.*)

ENSEMBLE.

AIR de polka de J. Nargeot.

Vivent les chansons, la jeunesse!
Aimer un jour, rire sans cesse,
A ses caprices obéir,
C'est la devise du plaisir!

JENNY, *tout en jouant.*

Et comme ça, le souper a fini tard?

JULIETTE, *de même.*

Oh! ne m'en parle pas, ma chère!... et le petit d'Arvennes était d'un gris... il a cassé pour cinq cents francs!

MARIETTE, *à Julie, qui entre par la porte du pan coupé à gauche, et se dirige vers la droite.*

Dites donc, Julie... est-ce que Carmen ne va pas rentrer bientôt?

JULIE.

Je ne sais pas, madame... Madame est sortie à deux heures avec mademoiselle Maria. (*Elle sort par la première porte à droite.*)

JENNY.

Est-ce que Carmen a toujours la même voiture?

BERTHE.

Oui... toujours! (*Elle va à la cheminée, allume une cigarette et redescend en fumant derrière le guéridon.*)

MARIETTE.

Ah! c'est affreux ces petites voitures en paille!... on a l'air d'être dans un syphon coupé en deux... moi, j'aime le chic comme il faut.

JULIE.

A propos... et le bal de Lucie?...

MARIETTE, *posant son miroir à main sur la toilette.*

Oh! ma chère... la bonne farce!... Elle avait loué des lustres et des candélabres... et elle n'avait pas de bougies à mettre dedans.

TOUTES, *riant.*

Ah! ah! ah!... (*Berthe gagne la droite.*)

MARIETTE, *se levant et venant sur le devant.*

Et Adèle, qui a fini par se faire épouser! (*Juliette et Jenny se lèvent.*)

TOUTES, *venant sur le devant.*

Vraiment?...

AIR de J. Nargeot. (Les Femmes du monde.)

Ah! ah! ah! ah! ah!
Mais rions tout bas,
Que ces messieurs n'entendent pas! } *bis.*

MARIETTE.

D'Auvray, qui s'est ruiné pour elle,
N'avait plus que ce moyen-là
Pour recouvrer une parcelle
De tout l'argent qu'il lui donna.

JULIETTE. (*Parlé.*)

Ce pauvre d'Auvray!...

BERTHE.

Une femme de rien!

MARIETTE.

Et maintenant, ça fait des manières avec les amies!... une ancienne de l'Hippodrome!...

TOUTES.

Ah! fi!

JENNY, *avec mépris.*

Une saltimbanque!...

MARIETTE.

Faut-il que les hommes soient godiches!...

TOUTES, REPRISE.

Ah! ah! ah! ah! ah!
Mais rions tout bas,
Que ces messieurs n'entendent pas!... } *bis.*

JENNY.

Julien qui plaid' contre son père!...

MARIETTE.

Paul, qui pour un rat d' l'Opéra
A mangé la dot de sa mère
Et la fortune du papa!...

BERTHE. (*Parlé.*)

Paul est aussi ruiné?

JULIETTE, *riant.*

On se ruine pas mal, c'te année-ci.

JENNY.

Et de Mornand, qui est en Californie!...

TOUTES.

Bah!

MARIETTE.

La Californie!... Pardine, ce pays-là a été inventé pour les fils de famille qui font la noce!

TOUTES, REPRISE.

Ah! ah! ah! ah! ah!
Mais rions tout bas,
Que ces messieurs n'entendent pas! } *bis.*

(*Jenny va s'asseoir sur le sofa, sur le dossier duquel Berthe vient s'appuyer; Juliette et Mariette vont s'asseoir près du guéridon.*)

JENNY.

Ah çà, dis donc, Mariette... et ton Chabanais... va-t-il bien?

MARIETTE.

Chabanais? je le forme!... Dans le principe, il ne m'apportait que des bouquets de violette d'un sou... maintenant il a du chic; un groom de deux pieds et une voiture au mois. (*Ici, on entend le roulement d'une voiture.*)

JENNY.

Tiens! voilà Carmen qui rentre!... (*Berthe va ouvrir la porte du fond, auprès de laquelle elle reste.*)

JULIETTE.

A propos, et monsieur Georges, est-il toujours amoureux de Carmen?

MARIETTE.

Toujours!... et je crois bien que Carmen en tient pour lui!... c'est une si bonne fille!...

TOUTES.

Oh! oui, que c'est une bonne fille... (*Carmen, en grande toilette, entre par le fond; Julie, qui entre en même temps par la première porte à droite, va au-devant d'elle. Mariette, Jenny et Juliette se lèvent à la vue de Carmen.*)

SCENE II.

JULIETTE, MARIETTE, BERTHE, CARMEN, JULIE, JENNY.

TOUTES.

Bonjour, Carmen. (*Berthe passe près de Juliette.*)

CARMEN, *ôtant son chapeau et son châle, qu'elle donne à Julie, qui les emporte, en sortant par la première porte à droite.*

Bonjour, mes chères bonnes... ah! vous êtes bien gentilles d'être venues... Je m'ennuie comme tout depuis ce matin... (*Pendant cette phrase, Jenny a remonté la scène et a passé près de Berthe. — Carmen va s'asseoir sur le sofa.*)

MARIETTE, *à Carmen.*

Tu reviens du bois?...

CARMEN.

Non.

MARIETTE.

Comment! tu ne profites pas du premier rayon de mai?... (*Elle va s'asseoir près du guéridon; Juliette en fait autant. — Berthe et Jenny restent debout près d'elles.*)

CARMEN, *s'arrangeant les cheveux dans la glace de la toilette, à Julie, qui rentre par la première porte à droite.*

Ah! Julie?...

JULIE, *s'approchant.*

Madame?...

CARMEN.

Il n'est venu personne pour moi?

JULIE.

Si fait, madame.

CARMEN.

Qui?

JULIE.

Il est venu d'abord la mère de madame.

CARMEN.

Ah! maman est venue?...

JULIE.

Oui, madame.

CARMEN.

Vous avez été polie avec elle, Julie?

JULIE.

Oh! oui, madame.

CARMEN.

C'est que, l'autre jour, vous avez été fort malhonnête.

JULIE, *embarrassée.*

Madame, c'est que...

CARMEN.

Je ne veux pas de ça... ma mère est assommante, c'est vrai... mais enfin... c'est ma mère!... Qui est-ce qui est venu après ça?

JULIE.

Madame, on est venu pour des notes... des factures à payer...

comme madame avait laissé l'argent... j'ai payé... (*Lui présentant des papiers.*) Voici les notes acquittées.

CARMEN, *prenant les papiers.*

Très-bien... sortez. (*Julie sort par le fond. Jenny traverse la scène et vient s'appuyer sur le dossier du sofa.*)

MARIETTE, *à Carmen.*

Tu payes donc tes créanciers, toi?

CARMEN.

Oui.

MARIETTE.

Es-tu bonne fille!...

CARMEN *riant, et serrant les notes dans le tiroir de la toilette.*

Je tiens à l'estime du monde... on peut ruiner des ducs et des princes... mais il faut payer son épicier.

JULIE, *rentrant par le fond.*

Madame...

CARMEN.

Que voulez-vous?...

JULIE.

C'est un commis de chez monsieur Jeannisset.

CARMEN.

Qu'il entre! (*Julie fait un signe, le commis entre par le fond.*)

SCENE III.

LES MÊMES, LE COMMIS.

LE COMMIS, *un écrin à la main.*

De la part de monsieur Georges de Kerven. (*Il donne l'écrin à Julie.*)

CARMEN.

Donnez. (*Julie remet l'écrin à Carmen qui l'ouvre.*) Oh! une croix en diamant?...

JENNY, *regardant par dessus l'épaule de Carmen.*

Oh! c'est superbe!

MARIETTE, *se levant et allant au commis.*

Vous n'avez rien pour moi, jeune homme?...

LE COMMIS.

Non, madame.

CARMEN.

Julie, reconduisez monsieur. (*Julie sort par le fond avec le commis. Carmen se lève et vient sur le devant, en tenant toujours l'écrin : les autres femmes viennent l'entourer.*)

SCENE IV.

BERTHE, MARIETTE, CARMEN, JENNY, JULIETTE, *puis* JULIE.

JENNY, *à Carmen.*

Oh! es-tu heureuse!...

MARIETTE, *de même.*

Ah çà, que fais-tu donc de tous tes diamants?... tu as toujours les mêmes boucles d'oreilles, le même collier, le même bracelet... tu fais donc une collection, un musée?...

CARMEN, *très-gaie.*

Les diamants!... la belle affaire!... je suis venue au monde sans ça, et on m'a trouvée gentille ce jour-là!... J'en mets parce que les diamants, c'est notre uniforme... mais le plaisir, voilà le plus rare diamant... et on ne le trouve pas chez Jeannisset. (*Elle donne l'écrin à Jenny, qui le repasse à Juliette, laquelle va le remettre sur la toilette.*)

JENNY.

Eh bien! et l'amour?...

CARMEN.

L'amour!... c'est le plus bête de tous les dieux! Il s'enferme dans une chambre, pour conjuguer le verbe aimer... l'amour me fait l'effet d'un pion de collége, qui fait marcher les pauvres humains deux par deux... Vive le plaisir, qui chante au café Anglais, les fenêtres ouvertes, la nuit, sous les étoiles! .. le plaisir, qui vit chez nous et avec nous... il est dans nos bouquets de bal, dans les fleurs de nos cheveux, dans le frôlement de nos robes de soie, dans nos regards!... Allons, mesdames, un peu de malaga!... A sa santé, et à la nôtre!... car la vie, c'est le plaisir... et le plaisir, c'est nous! (*Elle va au guéridon avec Berthe et Juliette et verse du malaga dans les verres.*)

MARIETTE, *riant.*

Tu parles bien, quand tu t'échauffes!

CARMEN.

Nous en vivons et nous en mourons!... mais bast!... après nous le déluge!...

TOUTES, *riant.*

Tu as raison!... (*Mariette et Jenny vont rejoindre les autres femmes au guéridon, autour duquel elles restent debout.*)

CARMEN.

AIR *de Pilati.*

Tin, tin, tin, tin,
La bonne fille,
Tin, tin, tin, tin,
Toujours en train,
Tin, tin, tin, tin,
Toujours gentille,
A pour refrain :
Tin, tin, tin, tin!

(*Elles boivent.*)

Qui sait boire et chanter?... qui préfère souvent
Aux soupirs de Werther le quatre et d'mi pour cent?

TOUTES, *en choquant leurs verres sur le tin tin.*

Tin, tin, tin, tin,
La bonne fille, etc.

(*Elles viennent toutes sur le devant, leurs verres à la main.*)

CARMEN.

DEUXIÈME COUPLET.

Elle a, quand elle veut, un coupé, des diamants,
De l'esprit, quand ell' peut; du cœur... quand elle a l' temps!

TOUTES, *même jeu que ci-dessus.*

Tin, tin, tin, tin,
La bonne fille, etc.

(*Sur la ritournelle, toutes reportent leurs verres sur le guéridon, excepté Carmen, qui donne le sien à Jenny; puis Carmen va se rasseoir sur le sofa. — Jenny et Mariette s'asseyent de chaque coté du guéridon, Juliette reste debout derrière le guéridon et Berthe vient s'appuyer sur le dossier du fauteuil de Mariette, à sa gauche.*)

JULIE, *entrant par le fond, à Carmen.*

Madame?... (*L'orchestre joue l'air : Sonnez, clochette du village.*)

CARMEN.

Qu'est-ce encore?

JULIE.

Madame, deux jeunes filles...

TOUTES.

Deux jeunes filles!...

JULIE.

Qui veulent absolument parler à madame.

CARMEN, *riant.*

Faites entrer. (*Julie introduit Madeleine et Tronquette, qui restent au fond tout interdites et l'une contre l'autre. Madeleine tient à la main un petit paquet. Après les avoir introduites, Julie sort par la porte du pan coupé, à gauche.*)

SCÈNE V.

JENNY, JULIETTE, MARIETTE, BERTHE, TRONQUETTE, MADELEINE, CARMEN, *puis à la fin* JULIE.

TRONQUETTE, *bas à Madeleine.*

Dites donc, mam'zelle... v'là qu'j'ai peur!

MADELEINE, *bas, regardant Carmen.*

C'est elle! oh! je suis bien sûre que c'est elle!...

MARIETTE, *les examinant.*

Elles sont gentilles, ces petites.

CARMEN, *aux deux jeunes filles, qui sont toujours immobiles au fond.*

Approchez, mes enfants... (*Madeleine et Tronquette descendent timidement jusqu'au milieu du théâtre.*) Que puis-je pour vous? (*Elle les regarde avec son lorgnon.*)

MADELEINE, *avec hésitation.*

Madame... c'est un bien grand service... mais vraiment... j'ose à peine...

CARMEN.

Osez donc... on peut oser avec nous.

MADELEINE, *se rassurant un peu.*

J'arrive d'un village... bien loin .. bien loin... et ma payse... (*elle montre Tronquette*) qui est placée à Paris, m'a dit de m'adresser à vous, et que... vous pourriez peut-être me trouver une condition. Oh! l'on ne se plaindrait pas de moi, madame! surtout si vous vouliez me garder ici... près de vous...

JENNY.

Elle a l'air d'une honnête fille.

MARIETTE.

Dire que j'ai eu cet air-là... en quarante-six !...

CARMEN, *à Madeleine.*

Mon enfant, ce serait avec plaisir... mais...

MADELEINE.

Oh ! gardez-moi, madame... vous me donnerez ce que vous voudrez... je suis habituée à vivre simplement... et vous serez contente...

CARMEN.

Que savez-vous faire?

MADELEINE.

Je sais coudre, je sais...

TRONQUETTE.

Oh! elle sait un peu de tout... moi, j'sais comme ça garder les moutons... (*Elle fait une révérence.*)

CARMEN, *lorgnant Madeleine.*

Ma foi, j'ai envie de la prendre, cette chère petite!

TOUTES.

Oui... oui !...

MARIETTE.

Si tu ne la prends pas, je m'en empare... (*A Madeleine.*) Petite, tu viendras chez moi.

MADELEINE, *vivement.*

Non, non... c'est ici que je veux... (*se reprenant*) que je désire rester !

CARMEN, *riant.*

Eh bien ! soit... restez, mon enfant. Je suis bonne fille, moi !

MADELEINE.

Oh ! merci, madame ! (*A part.*) Je le verrai !

TRONQUETTE, *à part.*

Ah ! brigand de Chabanais ! si tu me tombes sous la main !...

CARMEN.

Berthe... dis à Joseph de donner un coin à cette petite. (*Berthe remonte près de la porte du pan coupé, à gauche.*)

TRONQUETTE, *prenant le paquet de Madeleine.*

Donne-moi tout ça... j'vas t'installer, moi ! (*Faisant la révérence.*) Bien votre servante, mesdames.

BERTHE, *à Madeleine et à Tronquette.*

Par ici ! par ici ! (*Elle sort par la porte du pan coupé, à gauche, suivie de Madeleine et de Tronquette. A peine sont-elles sorties, que Julie entre par le fond.*)

JULIE, *annonçant.*

Monsieur Georges !... monsieur Chabanais !... (*Elle sort par la porte du pan coupé, à gauche.*)

SCENE VI.

JENNY, JULIETTE, MARIETTE, GEORGES, CARMEN, *puis* CHABANAIS *et* UN PETIT GROOM.

LES FEMMES, *à Georges qui arrive par le fond.*

Eh !... arrivez donc !...

CARMEN, *toujours assise, tendant la main à Georges.*

Arrivez donc, que je vous gronde... l'homme aux diamants !

GEORGES, *s'approchant d'elle.*

Oh ! vous avez reçu?...

CARMEN.

Vous êtes fou ! (*Georges lui baise la main et s'assied à côté d'elle sur le sofa; ils continuent à parler bas pendant le restant de la scène.*)

CHABANAIS, *entrant par le fond, suivi d'un groom imperceptible, avec lequel il s'arrête au milieu du théâtre. (Il est vêtu à la dernière mode, tient un stick à la main et a le lorgnon à l'œil.)*

John ! vous garderez l'américaine... Mon américaine de chez Bender, faites rafraîchir mon alezan de chez Crémieux... allons, sortez, drôle! (*Le groom sort par le fond. — Saluant.*) Belles dames, je vous baise les pieds.

LES FEMMES.

Bonjour, mon petit Chabanais !

MARIETTE, *se levant et allant à lui.*

Bonjour, mon petit Chabanais; m'apportez-vous aussi des diamants?

CHABANAIS.

Non. (*Otant un œillet de sa boutonnière.*) Permettez-moi de les remplacer par cette simple fleur des champs. (*Il baise l'œillet et le lui présente.*)

MARIETTE, *prenant l'œillet d'un air mécontent.*

Un œillet ?

CHABANAIS.

Des diamants... jamais ! je veux être aimé pour moi-même et pour mes grâces personnelles. (*Les femmes rient.*)

MARIETTE.

Avez-vous fini !

CHABANAIS.

Mon enfant, le rubis est bien tombé, allez... c'est mauvais genre... on n'en voit plus que chez ceux qui en vendent!

MARIETTE.

Eh bien ! vous allez tout de suite m'en offrir... vous avez votre canne et votre chapeau... bonsoir ! allez-vous-en !

CHABANAIS.

Mais, chère amie...

MARIETTE.

Ou je dirai que vous n'avez pas de chic ! (*Elle retourne s'asseoir au guéridon.*)

CHABANAIS.

Pas de chic, moi?... moi.. qui suis le roi de la mode ! J'ai des habits qui sont ridicules et qui me gênent... c'est parce que j'ai du chic !

MARIETTE.

Ah ! si vous ressembliez au marquis de Rioja !

TOUTES.

Oh ! celui-là !...

CHABANAIS.

Ah ! oui... ce petit marquis Brésilien ! un petit bonhomme qui jette le Pérou par les fenêtres !

JENNY.

Tout Paris ne parle que de lui.

MARIETTE.

En voilà un qui a des diamants plein ses poches!

CHABANAIS, *avec éclat.*

Eh bien ! Danaé, ton Jupiter va prendre son costume de circonstance .. en pluie d'or... je vais vous acheter une bague, un châle indien, une maison à Auteuil.. enfin, quelque chose.

MARIETTE, *se levant vivement et allant à lui.*

Revenez vite...

CHABANAIS

N'ai-je pas mon alezan de chez Crémieux et mon américaine de chez Bender? (*Saluant.*) Mesdames, je ne fais qu'un saut... (*Il se tourne vers Carmen, qu'il salue, et qui ne fait pas attention à lui, tout occupée qu'elle est de sa conversation avec Georges.*)

JENNY, *se levant.*

Et nous, allons voir nos petites protégées !

CHABANAIS, *se retournant.*

Des petites... hein? quelles sont ces friponnes?

MARIETTE, *vivement.*

Ça ne vous regarde pas... mais allez donc, monsieur Chabanais !

CHABANAIS.

On y va ! Et voilà comme on nous ruine, nous autres gentilshommes !...

AIR *de la Corde sensible.*

Toujours, quand la beauté m'invite,
Vous le voyez, je suis galant.
Pour ce bijou je pars bien vite,
Et je reviens dans un instant.

ENSEMBLE. REPRISE.

CHABANAIS.

Toujours, quand la beauté m'invite, etc.

LES FEMMES.

Lorsque la beauté vous invite,
Tâchez, monsieur, d'être galant.
Pour ce bijou, partez bien vite,
Et revenez dans un instant.

CHABANAIS, *près de la porte du fond, après avoir baisé la main de Mariette.*

Ah ! je n'ai pas de chic !... (*Il sort par la porte du fond, Mariette, Jenny et Juliette sortent par la porte du pan coupé, à gauche.*)

SCENE VII.

GEORGES, CARMEN, *toujours assis sur le sofa.*

CARMEN, *qui était en train de montrer à Georges l'écrin qu'il lui a envoyé.*

Voyez-vous... c'est monté à jour... et le diamant est taillé à facettes... c'est très-joli... mais je ne veux pas que vous dépensiez tant d'argent... je suis une bonne fille... et quand on se ruine pour moi... vrai, ça m'ennuie...

GEORGES.

Bah!... est-ce qu'on se ruine dans le monde?

CARMEN.

Mais... ça arrive au moins une fois... aux gens riches!... faut bien prendre garde, mon petit Georges!... Ah! comme il est mal cravaté! Comment! il ne sait pas encore mettre sa cravate! (*Mettant l'écrin sur sa toilette.*) Mettez-vous là... (*Elle lui avance le petit tabouret de pied. — Georges s'y agenouille, et elle lui arrange sa cravate, tout en parlant.*) Il est certain que les diamants... c'est très-gentil! je les aime assez...(*Vivement.*) Mais, avant tout, je suis une bonne fille!...

GEORGES, *souriant.*

Pourtant, vos amies se plaignent de vous.

CARMEN.

Ah!... pourquoi ça?...

GEORGES.

Elles prétendent que vous dites du mal d'elles.

CARMEN.

Dame!... on ne peut pas dire du mal des gens que l'on ne connaît pas!

GEORGES, *riant.*

Ça, c'est une raison. (*Il se rassied près d'elle.*)

CARMEN, *d'un ton câlin.*

Voyez-vous, mon petit Georges... il faut être prudent, économe... je vous donnerai de bons conseils... je connais la vie, moi... je serai votre amie!... (*Changeant de ton.*) Oh! que j'ai vu de jolis chevaux aujourd'hui!...

GEORGES.

Vraiment!...

CARMEN.

Oui, l'attelage de Marie... il paraît qu'elle veut le vendre... pour cause de fin de bail... Des amours de poneys!...

GEORGES.

Les voulez-vous?...

CARMEN.

Bon! voilà vos folies qui vous reprennent!... je suis fâchée de vous en avoir parlé... oh! tenez, je suis furieuse!...

GEORGES, *lui prenant la main.*

Contre moi?... contre moi qui vous aime?...

CARMEN.

Vrai?... vous m'aimez?...

GEORGES.

Et vous?...

CARMEN, *souriant.*

Vous seriez joliment attrapé, si je vous répondais non!... Dites-moi... n'aviez-vous pas une maîtresse, par là-bas?...

GEORGES, *se levant.*

Moi?... non... j'avais une amie.

CARMEN.

Ah! oui... une petite fille en indienne et en sabots... avec qui on regarde voler les hirondelles... je connais ça, moi... j'ai aimé ces oiseaux-là... on est si bête quand on est jeune! Et, comment s'appelaient vos Idylles?...

GEORGES.

Mes Idylles se nommaient Madeleine.

CARMEN, *railleuse.*

Ah!... c'est un joli nom!

GEORGES.

Mais vous avez raison... ces amours-là sont ridicules!...

CARMEN.

Vous avez oublié cette petite?...

GEORGES.

Je ne sais...

CARMEN.

Comment?...

GEORGES.

AIR *du Piano de Berthe.*

Mais je l'oublierai ..
Et quand je serai
Aimé de Carmen, alors, je dirai :
« Adieu pour toujours, marguerites blanches,
» Amours du pays, serments et pervenches!... »
Car c'est vous, Carmen... vous que j'aimerai!

(*Ici Madeleine paraît à la porte du pan coupé à gauche et écoute. — Musique à l'orchestre.*)

CARMEN.

Vous êtes décidé?...

GEORGES.

Parfaitement.

CARMEN, *lui tendant gaiement la main.*

Alors, vous avez raison... advienne que pourra!... (*Elle prend sur la toilette l'écrin qu'elle ouvre, se lève et se dirige vers la gauche, en regardant la croix de diamant.*)

MADELEINE, *qui a défait la croix d'or attachée à son cou, se mettant devant Carmen et la lui présentant.*

Tenez, madame...

GEORGES, *stupéfait à part.*

Madeleine!...

MADELEINE, *à Carmen.*

En voilà encore une!...

SCENE VIII.

MADELEINE, CARMEN, GEORGES; *puis* TRONQUETTE.

GEORGES, *à part.*

Madeleine à Paris!...

CARMEN, *surprise.*

Que veut cette petite?

MADELEINE, *à Carmen, lui présentant toujours sa croix.*

Oh! prenez-la... elle n'est pas si riche que la vôtre, madame, il n'y a pas de diamants... c'est une pauvre petite croix... mais, comme elle a été bénie, elle vous portera peut-être bonheur!

CARMEN, *prenant machinalement la croix.*

Que signifie?...

MADELEINE.

Je vous ai trompée, madame... (*Mouvement de Carmen.*) Je voulais pénétrer chez vous... savoir si ce qu'on m'avait dit était vrai... et, comme c'est vrai... je n'ai plus rien à faire ici... Adieu, madame. (*Elle fait quelques pas pour sortir.*)

CARMEN, *passant à gauche.*

Ah! je comprends... mademoiselle Madeleine!...

MADELEINE, *revenant.*

Non, madame... je ne suis pas Madeleine... Madeleine est morte... Madeleine était l'amie d'enfance de monsieur Georges, sa sœur, sa première affection... (*Carmen s'assied près du guéridon, sur lequel elle dépose son écrin.*) Elle a existé tout là-bas... dans un petit village de la Bretagne... Oh! le village existe toujours, lui!... (*A Georges.*) Vous le connaissez, pas vrai, monsieur Georges?... C'est Paimpol, avec ses pêcheurs, ses maisons blanches et sa petite église, où les femmes font la prière... mais la Madeleine d'autrefois... la Madeleine aimée... n'est-ce pas, Georges, n'est-ce pas qu'elle est morte?... (*Elle pleure.*)

GEORGES.

Madeleine!...

MADELEINE.

Oh! je vous ai entendu... là... tout à l'heure... vous avez renié nos bonheurs d'autrefois... tout est bien fini, allez... (*La main sur son cœur.*) Je le sens là... adieu!... (*Elle remonte.*)

CARMEN.

Mais... mademoiselle... monsieur Georges est libre... libre de choisir entre nous deux. (*Mouvement de Georges.*)

MADELEINE, *redescendant.*

Choisir!... non, madame... j'ai ma fierté aussi, moi!... et je ne veux pas que vous soyez ma rivale!

CARMEN, *se levant et avec hauteur.*

Hein!... plaît-il?

MADELEINE.

Oh! pardon!... j'oublie que je suis ici chez vous... que monsieur vous aime... et qu'il ne m'aime plus!

AIR *du Piano de Berthe.*

Moi, je l'oublirai,
Et je partirai...
Mais qu'il soit heureux... et je me tairai!...
Avec un regard vous pourrez sans peine

D'un cœur tout à vous chasser Madeleine...
Moi, je l'oublirai! (*bis.*)

(*La musique continue à l'orchestre.*)

Adieu, madame. (*Elle remonte.*)

TRONQUETTE, *entrant par la porte du pan coupé à gauche et allant à Madeleine.*

Vous partez, not' demoiselle?

MADELEINE, *lui prenant la main.*

Viens... notre place n'est plus ici... et ceux qui nous aiment encore, nous attendent là-bas!

GEORGES, *allant à elle.*

Madeleine!

MADELEINE, *près du fond, tristement.*

Georges, ne vous ai-je pas dit que Madeleine était morte?... (*Vivement à Tronquette.*) Viens!... viens! (*Georges l'a suivie jusqu'à la porte et s'arrête là indécis.*)

SCENE IX.

CARMEN, GEORGES.

(*Un grand silence, pendant lequel Georges redescend tout pensif à gauche et va s'asseoir à côté du guéridon, pendant que Carmen passe lentement à droite. — Fin de la musique.*)

CARMEN, *devant la toilette, attachant la croix d'or à son cou.*

Elle est très-gentille, cette petite fille... très-gentille!... (*Nouveau silence. Se retournant vers Georges.*) Eh bien! vous ne dites rien, Georges?

GEORGES.

Moi?

CARMEN.

Est-ce que votre cœur se reprend à aimer les hirondelles?

GEORGES, *tristement.*

Non, Carmen... mais c'était l'amie de mon enfance... et mon cœur dit adieu à ses souvenirs... voilà tout. (*Nouveau silence.*)

CARMEN, *allant à lui.*

Je vous ai fait de la peine... voyons, pardonnez-moi... Je dis comme ça des choses que je ne pense pas... mais au fond, je suis bonne fille, allez... Me pardonnez-vous?

GEORGES, *se levant et lui prenant la main.*

Carmen!

CARMEN, *bien caressante.*

Vous ne savez pas?... venez me prendre à cinq heures avec votre voiture... nous irons au bois... ça vous distraira... et ce soir... nous irons où vous voudrez... Là, suis-je assez gentille!

GEORGES, *lui baisant la main.*

A la bonne heure!... je vous retrouve!... (*On entend les rires des femmes en dehors, à gauche.*)

CARMEN, *remontant à gauche.*

Je rejoins ces dames... (*Se retournant.*) Vous viendrez à cinq heures, pas vrai?

VOIX DES FEMMES, *en dehors.*

Carmen!... Carmen!... viens donc!

CARMEN.

Me voilà!... me voilà!... (*Elle sort vivement par la porte du pan coupé, à gauche. Georges la suit jusqu'à la porte et la regarde s'éloigner.*)

SCENE X

GEORGES, CHABANAIS, *puis* JULIE.

CHABANAIS, *entrant très-gai par le fond; il a un petit écrin à la main. — Chantant.*

Elle est à moi!... c'est ma compagne!
Elle est à moi!... j'obtins sa main!
Tous les bergers de la montagne
Seront jaloux... de mon destin...

(*S'arrêtant en voyant Georges.*)

Bonjour, Georges... (*A lui-même, montrant l'écrin.*) La voilà, cette parure!... Ah! je n'ai pas de chic!... c'est ce que nous allons voir!... (*A Georges, en mettant l'écrin dans sa poche.*) Eh bien! qu'as-tu donc, toi?... Des papillons noirs?... Ah! les vilaines bêtes!... Il faut les chasser avec l'éventail du plaisir et le plumeau de la philosophie!... (*A lui-même.*) Ah! je n'ai pas de chic!

GEORGES, *venant à lui.*

Tu me demandes ce que j'ai!... Là... tout à l'heure... à cette place où tu es... était Madeleine!...

CHABANAIS, *surpris.*

Madeleine!...

GEORGES.

Madeleine et Tronquette!

CHABANAIS.

Tronquette aussi!... Ah! c'est trop fort!... cette petite Tronquette!... parce que j'ai eu quelques bontés pour elle!... voilà ce que c'est que de se familiariser avec des femmes sans éducation!... (*S'asseyant sur le sofa.*) Elles se cramponnent... elles s'incrustent... mais, sapristi!... on ne veut donc pas nous laisser libres!... il me semble pourtant que nous avons rompu avec le Finistère!...

GEORGES.

Oui, tu as raison... nous sommes libres... libres de jeter notre vie et notre fortune où bon nous semble!

CHABANAIS.

Le fait est que nous avons pas mal dépensé... Ah! nous allons bien!... heureusement que nous allons rouler sur l'or!... Quelle heureuse idée nous avons eue hier d'entrer à la Bourse!... (*Se levant.*) La Bourse!... voilà un endroit bien composé!... témoin ce digne homme, qui nous a proposé cette excellente affaire... tu sais... les mines de sel de la Champagne pouilleuse... ma foi, nous avons tout mis là dedans... Ce monsieur m'a juré sur ma tête que nous réaliserions d'immenses bénéfices!... Tu n'avais pas confiance, toi!

GEORGES.

Je ne connais rien à ce tripotage!... (*Il remonte, passe à droite et va s'asseoir sur le sofa.*)

CHABANAIS, *avec indignation et passant à gauche.*

Du tripotage!... à la Bourse!... Georges, tu blasphèmes!... La Bourse est un endroit méconnu!.. si la bonne foi était bannie du reste de la terre, on la retrouverait dans les coulisses de la Bourse!

GEORGES.

Enfin... tu as fait ce que tu as voulu!

CHABANAIS.

Et j'ai vaincu tes scrupules... tu as fait comme moi... nous deviendrons richissimes... comme ce petit marquis de Rioja, dont tout le monde s'occupe... Il me déplaît infiniment, ce petit monsieur... et si jamais je le rencontre... (*Il fait le simulacre de porter une botte.*)

JULIE, *entrant par le fond et annonçant.*

Monsieur le marquis de Rioja!

GEORGES, *se levant.*

Lui... ici!... chez Carmen!... oh! il va payer cher son insolence!...

CHABANAIS.

Ah! sapristi!... nous allons l'arranger!... (*Entre par le fond Satan, vêtu d'un costume de chasse des plus élégants, petites moustaches, impériale, un petit fouet à la main. Après l'entrée de Satan, Julie sort par la porte du pan coupé, à gauche.*)

GEORGES *et* CHABANAIS, *s'élançant au-devant de lui.*

Monsieur, de quel droit?... (*S'arrêtant pétrifiés, en le reconnaissant.*) Ah!...

CHABANAIS.

Ah! bah!...

SCENE XI.

CHABANAIS, SATAN, GEORGES, *puis* JULIE.

SATAN, *tranquillement, en souriant.*

Ça va bien?... moi, pas mal... merci!... Je reviens de la chasse... ouf! quelle fatigue!

GEORGES.

Vous, ici!...

CHABANAIS.

Sur nos terres!...

SATAN, *d'un ton léger.*

Mais, palsambleu!... c'est vous qui êtes sur les miennes, mes très-bons!... je suis ici chez moi!...

GEORGES, *passant près de Chabanais.*

Oh!...

SATAN.

Ce boudoir Chaussée-d'Antin, c'est un de mes enfers meublé par Monbro... je vous ai prévenus... tant pis pour vous!... (*Il va vers la toilette et s'étend sur le sofa, où il dépose son fouet.*)

GEORGES, *à Satan.*

Monsieur... cette plaisanterie peut être fort drôle... mais elle se prolonge trop... et je vous déclare...

SATAN.

Ah! vous m'ennuyez!... (*Tout en parlant, il tire de sa poche *un porte-cigare et un briquet des plus élégants, prend une cigarette, l'allume et continue la conversation en fumant.*) Ah çà, de quoi vous plaignez-vous, mon cher?... vous me rencontrez dans un cabinet du café Anglais... j'ai la bonté de vous crier gare!... vous donnez dans le panneau chez la Saint-Alphonse... une vieille damnée à moi.. une dizaine de mécréants vous entourent avec des intentions sinistres... crac!... je vous fais envoler!... Il me semble que je me conduis comme un assez bon diable!... et pour prix de ces bienfaits, quand vous venez chez moi... car je suis chez moi... vous me demandez de quel droit j'y suis?... Ah! les hommes sont ingrats!... Décidément les femmes valent mieux! .. Carmen, par exemple!

GEORGES, *furieux.*

Carmen!... Ah! pour celle-là, je te la disputerai!...

SATAN.

Ta, ta, ta, ta... vous ne disputerez rien du tout.

GEORGES.

Tu le verras!... (*Il remonte avec agitation.*)

CHABANAIS, *à Satan.*

Oui, vous le verrez!... et venez donc un peu me disputer le cœur de Mariette!

SATAN, *se levant.*

Pourquoi pas? (*Il va à Chabanais. — Georges descend à droite et s'assied sur le sofa.*)

CHABANAIS, *exaspéré.*

Mais Mariette m'aime, monsieur!... mais je suis le seul homme qu'elle ait vraiment aimé... monsieur!

SATAN, *riant, et lui lâchant une bouffée de tabac dans le nez.*

Je l'attaquerai!

CHABANAIS, *fièrement.*

Je la défendrai, monsieur!... mon amour la réhabilitera!

SATAN, *riant toujours, et tirant au milieu du théâtre un fauteuil qu'il prend près du guéridon et sur lequel il s'assied.*

Parole d'honneur!... vous êtes impayables tous les deux!... Ah çà, vous croyez donc à ces amours-là?... Décidément, vous êtes plus... Bretons que je ne pensais. L'amour ne loge pas ici, mes très-bons... ces dames lui ont donné congé, parce qu'il ne faisait pas assez de bruit... il n'y vient jamais, et il n'envoie même pas sa carte au jour de l'an... maintenant il demeure partout... excepté ici. L'amour a besoin de l'estime... mais vous autres hommes, vous êtes tous les mêmes... vous aimez les femmes qui vous font rire... et vous estimez celles que vous faites pleurer!... (*Changeant de ton.*) Et tout ça, pour faire plaisir au diable!

CHABANAIS, *ricanant.*

Alors, le siècle n'a pas l'avantage de plaire à monsieur Satan?

SATAN.

Le siècle!... ah! il est joli!... un siècle où les hommes mangent avec le vice la dot de la vertu!... et c'est reçu... ça se fait... j'ai un enfer pour ça, qu'on appelle les coulisses de l'Opéra les jours de ballets.

GEORGES.

Alors, tu ne crois pas à la vertu des femmes?

SATAN, *sérieusement, se levant et jetant sa cigarette.*

Moi!... si fait!... il y en a... et beaucoup!... et c'est ce dont j'enrage! Il y a des femmes honnêtes qui restent là, à côté d'un berceau... et elles sont jeunes et jolies!... J'ai voulu les tenter quelquefois... pas moyen... elles disent comme ça: « L'enfant » qui dort dans ce berceau, aura un jour vingt ans, et je veux » qu'il se découvre, quand on lui dira votre mère était une hon- » nête femme! »

GEORGES, *à part, se levant.*

Ma mère!

SATAN, *reprenant le ton léger et repoussant son fauteuil près du guéridon.*

On n'a pas idée de ça... on n'a pas idée de ça... (*Revenant vers Georges.*) Une honnête femme... tiens, c'est Madeleine!

GEORGES.

Je te défends de me parler de Madeleine.

SATAN.

Parce que c'est ton remords d'avoir si mal payé son dévoûment. (*A Chabanais.*) Une honnête fille, c'est Tronquette!...

CHABANAIS.

Pouah!... elle a les mains rouges! (*Il remonte.*)

GEORGES.

Carmen n'est pas ce que tu penses.

SATAN.

Ah! oui... on dit partout Carmen la bonne fille!... c'est pour cela que je veux faire sa connaissance... Je ne crois pas à ce que vous appelez les bonnes filles... on n'en trouve plus que dans les chansons de Béranger. Les bonnes filles de la veille sont quelquefois les créancières du lendemain. Prends garde, Georges! (*Il se dirige vers la gauche.*)

GEORGES.

Où vas-tu?

SATAN.

Présenter mon hommage à Carmen.

GEORGES, *du ton d'un homme sûr de lui.*

Tu n'entreras pas!

SATAN.

Allons donc!... je passe partout!

GEORGES.

D'ailleurs, Carmen ne te recevra pas.

JULIE, *entrant par la porte du pan coupé, à gauche.*

Madame attend monsieur le marquis de Rioja.

GEORGES et CHABANAIS.

Ah! c'est trop fort! (*Chabanais redescend près de Georges.*)

SATAN.

Vous voyez, mes très-bons... on me reçoit. (*A Julie, en lui montrant une bourse qu'il tire de sa poche.*) Tiens, la belle... prends ces dix louis.

JULIE.

Dix louis!...

SATAN, *lui jetant la bourse.*

Prends!.. Bien. Maintenant, tu es à moi, je t'ai achetée.

JULIE, *riant.*

Moi, monsieur le marquis?

SATAN.

Oui... tu me dois une mauvaise action pour mon argent... Oh! rassure-toi, ça ne fera du tort qu'à ta maîtresse. Allons, précède-moi, je te suis. (*Julie sort par où elle est entrée. — Satan va pour la suivre, puis s'arrête, et, revenant sur ses pas, s'appuie sur le dos du fauteuil, près du guéridon.*) Et maintenant, mes gaillards, une autre nouvelle!... vous êtes entrés hier à la Bourse, malgré ma défense.

CHABANAIS, *d'un air de triomphe.*

Oui!

SATAN.

Vous avez confié votre argent à l'appelé Duvernay, courtier d'affaires.

CHABANAIS, *de même.*

Oui! oui! oui!

SATAN.

Eh bien, ce Duvernay est un fripon! (*Mouvement de Georges et de Chabanais.*) Il est parti ce matin, avec votre argent,.. ligne du Nord.

GEORGES et CHABANAIS.

Ciel!...

SATAN, *en riant.*

Vous êtes ruinés!

CHABANAIS, *avec éclat, et passant à gauche.*

Mais tous les enfers sont donc dans ce Paris maudit! (*Il tombe accablé sur le fauteuil à gauche, près du guéridon.*)

SATAN, *reprenant le milieu.*

Rassurez-vous, j'en ai encore d'autres à vous montrer. (*Saluant.*) Bonsoir, messieurs... Carmen m'attend. (*Il sort en éclatant de rire, par la porte du pan coupé, à gauche.*)

SCÈNE XII.

CHABANAIS, GEORGES.

GEORGES, *tombant assis sur le sofa.*

Ruiné!

CHABANAIS, *se désespérant.*

Mais c'est affreux! c'est indigne!... mais c'est une infamie! (*Se levant.*) Et on laisse l'agiotage ravager ainsi les familles!.. (*D'un ton sentencieux.*) Oh! jeunes gens! .. jeunes gens!... gagnez de l'argent par votre travail, et achetez du trois pour cent au cours moyen.

GEORGES, *se relevant vivement.*

Mais c'est impossible!... je cours m'assurer... oh! ce misérable Duvernay!... je le tuerai! (*Il sort précipitamment par le fond.*)

CHABANAIS, *allant s'asseoir sur le sofa.*

Ruiné!... ruiné de fond en comble!... (*Se relevant tout à coup.*) Ah! une idée!... je vais me jeter par dessus le pont des Arts! (*Il remonte vivement. — A ce moment, entrent par la porte du pan coupé à gauche, Mariette, Jenny, Berthe et Juliette.*)

SCENE XIII.

BERTHE, JENNY, MARIETTE, CHABANAIS, JULIETTE.

LES FEMMES, *courant à Chabanais.*

Ah ! voilà Chabanais !

MARIETTE, *à Chabanais.*

Et mon bracelet?

CHABANAIS, *avec force.*

Jamais !...

MARIETTE, *furieuse.*

Chabanais !...

CHABANAIS.

Tous les marchands étaient fermés !...

LES FEMMES.

Oh !...

CHABANAIS.

Des diamants... il n'y en a plus !... Le gouvernement ne veut plus qu'on en vende !... ça faisait du tort à la régie !... (*Il sort vivement par le fond, laissant les femmes stupéfaites.*)

SCENE XIV.

BERTHE, JENNY, MARIETTE, JULIETTE, *puis* CARMEN.

JENNY, *riant.*

Qu'est-ce qu'il a donc ?

JULIETTE.

Il est fou !

BERTHE.

Il est toqué !

MARIETTE.

Il est enragé ! (*A Carmen qui entre par la porte du pan coupé, à gauche.*) Le marquis est parti ?

CARMEN.

Oui... Julie vient de le reconduire.

JENNY, *remarquant la croix d'or de Madeleine que Carmen a au cou.*

Tiens, depuis quand donc portes-tu des croix à la Jeannette?

CARMEN, *riant.*

Ah! oui... pour rien... c'est une idée...

MARIETTE.

Mesdames, une partie de bezig?

JENNY.

J'accepte. (*Mariette et Jenny vont s'asseoir au guéridon et se mettent à jouer aux cartes. — Carmen s'assied sur le sofa. — Berthe reste debout derrière le guéridon et regarde jouer.*)

JULIETTE, *qui a été prendre une tapisserie et un écheveau de laine sur la toilette.*

Moi, je vais travailler là... (*Elle s'assied sur le petit tabouret aux pieds de Carmen.*)

SCENE XV.

JENNY, BERTHE, MARIETTE, JACQUES, CARMEN, JULIETTE.

JACQUES, *montrant sa tête à la porte du fond.*

Mam'selle Carmen, s'il vous plaît? (*Il a son bâton de voyage.*)

CARMEN.

C'est moi ! (*Jacques entre. — A part.*) Encore un paysan !

MARIETTE, *bas à Jenny.*

Ah çà, est que nous jouons François le Champi ?

JACQUES, *descendant la scène.*

Enfin, vous v'là donc, mam'selle! Ah! v'là assez longtemps que j'cours après vous ! (*Il s'essuie le front.*)

CARMEN.

Et que voulez-vous de moi, monsieur... que je ne connais pas ?...

JACQUES.

J'veux vous dire d'abord que j'suis têtu, et que je m'suis mis là quelque chose dans la tête... c'est d'ramener Georges...

CARMEN.

Vraiment?

JACQUES.

Mais oui !

CARMEN.

Vous avez du malheur... Il sort d'ici. Voulez-vous prendre quelque chose ?...

JACQUES, *offensé.*

Moi?... (*Changeant de ton.*) Au fait, j'prendrais bien un verre de vin.

CARMEN.

Berthe, va donc chercher une bouteille de bordeaux pour monsieur, qui va me faire une scène.

(*Berthe sort par le fond.*)

JACQUES.

Une scène !... Oh ! non pas ! je n'veux point vous faire de scène. Vous avez des boudoirs, vous avez des meubles, vous avez des tapis, vous vivez comme des princesses... Mais c'est pas Georges qui payera la note. (*Berthe rentre par le fond avec une bouteille de bordeaux et un verre, et vient se placer à la gauche de Jacques.*) Il me le faut, je le veux, quand j'devrais l'emporter sur mes épaules, il me l'faut. Je m'installe chez vous! Georges, ou je ne sors pas d'ici ! (*Berthe, qui a versé du vin dans le verre, le présente à Jacques, qui le prend.*) Merci, mam'selle... (*Il boit.*)

CARMEN.

Comment le trouvez-vous?

JACQUES.

Oh ! n'plaisantez point. (*Rendant le verre à Berthe.*) Il est bon. (*Berthe passe à gauche et va se replacer derrière le guéridon, sur lequel elle pose le verre et la bouteille. — A Carmen.*) Vous ne voulez pas m'répondre, parce que mes habits n'sont pas braves comme ceux d'Paris, parce que j'ai à la main un bâton de voyage au lieur d'une badine. Mais faut pas détourner la tête d'moi... Jacques Kerlebon, le fermier de Paimpol, est aussi riche que vos *ferluquets* d'Parisiens, qui font les jolis cœurs au jardin *Marbille*... (*Il fait sonner de l'argent dans ses poches.*) Tenez, en v'là de l'argent ! (*Il montre un sac d'écus qu'il a dans la poche de côté de sa redingote.*) En v'là encore d'l'argent !... J'pourrais faire le coq tout comme un autre avec mes vingt-cinq mille livres de rente !...

(*A ce mot, les femmes se retournent vers lui par un mouvement égal et spontané. — L'orchestre exécute en sourdine le refrain de l'air des pièces d'or dans les Filles de Marbre.*)

LES FEMMES.

Hein?...

JACQUES.

Ah ! ah !... vous me reluquez à c'tte heure !... (*Berthe se hâte de verser un nouveau verre de bordeaux et s'approche de Jacques, en gardant la bouteille à sa main.*)

CARMEN, *riant.*

Il est drôle, ce petit !... Amusez-vous, mesdames... je vous le prête !...

JACQUES, *à lui-même.*

Qu'est-c' qu'elle prête?...

BERTHE, *gracieusement, en présentant le verre de bordeaux à Jacques.*

Un verre de bordeaux, monsieur Jacques?...

JACQUES, *prenant le verre.*

Comment donc, mam'selle... (*Il boit. — A lui-même.*) Qu'est-c'qu'elle prête?...

(*Il rend le verre à Berthe, qui va se placer derrière le sofa, à la droite de Carmen, en gardant toujours le verre et la bouteille à la main.*)

JULIETTE, *qui vient de jeter exprès son écheveau de laine par terre à ses pieds.*

Monsieur Jacques... seriez-vous assez bon pour me ramasser ma laine qui est tombée à mes pieds ?

JACQUES.

Vot' laine?... Ah ben... faut qu' vous soyez fièrement paresseuse ! vous pouvez ben la ramasser vous-même !...

JULIETTE, *d'un air aimable.*

Ah !... vous n'êtes pas galant !...

JACQUES, *à lui-même.*

Au fait, faut être poli. (*Il se baisse pour ramasser la laine; Juliette relève un peu sa robe, pour découvrir son pied. — Haut.*) La v'là, vot'laine... (*A part.*) Tiens... elle a un joli pied tout d' même...

(*Il rend l'écheveau de laine à Juliette, qui se remet à travailler.*)

MARIETTE, *tout en jouant aux cartes avec Jenny.*

Monsieur Jacques... venez donc me conseiller...

JACQUES, *qui est revenu au milieu.*

Oh!... je n' sais pas jouer...

MARIETTE.

C'est égal... je vous conseillerai ce qu'il faudra me conseiller. (*Jacques s'approche. — Se penchant sur son fauteuil.*) Voyez-vous... je vais couper le dix avec l'as...

JACQUES, *répétant machinalement.*

Avec l'as...

MARIETTE.

Ça me fera deux brisques..

JACQUES, *de même.*

Ça vous fera deux *brixes*, à vous !... (*A part.*) Comme elle vous a une paire de z'yeux, c'tte petite-là !...

CARMEN, *qui a pris le verre des mains de Berthe.*

Encore un verre, monsieur Jacques ?...

(*Berthe prend une chaise à droite et la place près du sofa.*)

JACQUES, *s'approchant lentement de Carmen.*

Ah ! j' comprends ben la tentation...

CARMEN, *à Berthe, tendant le verre.*

Verse, petite.

(*Berthe verse du bordeaux dans le verre.*)

JACQUES, *s'approchant toujours.*

Seulement... voyez-vous... Georges... faut pas... parce que... c'est un pays... (*S'asseyant sur la chaise que Berthe a mise à côté du sofa.*) Enfin... suffit...

CARMEN, *lui présentant le verre.*

Prenez donc... (*Jacques hésite.*) Allons...

JACQUES, *se décidant.*

Voilà !... (*Il prend le verre. — A part.*) Elle a une jolie main, c'tte gaillarde-là... (*Il boit, puis, après avoir rendu le verre à Carmen.*) Oh ! qu'oui... qu'elle a une jolie main !...

(*Carmen remet le verre à Berthe, qui le pose, ainsi que la bouteille, sur la toilette, et revient à sa place, derrière le sofa.*)

MARIETTE.

Faut s'amuser dans la vie, monsieur Jacques !...

JACQUES.

Vous croyez ?...

MARIETTE.

Faut rire !...

JACQUES, *se montant peu à peu.*

Ah ! oui !...

MARIETTE.

Faut boire !...

JACQUES.

Ah ! oui !...

MARIETTE.

Faut chanter !...

JACQUES.

Oh ! pour c' qui est d' chanter, c'est pas ça qui m'embarrasse !...

CARMEN, *riant.*

Monsieur est musicien ?...

JACQUES.

Moi ?... j' suis un vrai pinson, quand j' me mets en train... et à la danse donc !... Crédienne de sapristi !... c'est là qu'il faut m' voir tortiller !... et allez donc !...

AIR *de M. J. Nargeot.*

Eh ! allez donc !
En avant le rigodon !
Chaque garçon enrage...
Eh ! allez donc !
En avant le rigodon !...
Car chez nous la plus sage
Dit, en voyant mon maintien :

(*Il se lève ; Berthe remet la chaise en place, et va reprendre sa première position derrière le guéridon.*)

« Ah ! qu'il est bien !...
» Qu'il est bien, (*bis.*) le coq du village !... »

Eh ! allez donc !
On, on, on, on !... (*4 fois.*)
En avant le rigodon !
On, on, on on !

(*Mariette, Carmen et Juliette se lèvent et viennent auprès de Jacques. — Jenny et Berthe restent à leurs places.*)

Les fillettes de mon endroit
Me r'luquent le soir à la danse,..
Je m' donne' des airs... je marche droit..
Puis, en avant deux je m'élance...
Et chaque fillette
Voudrait, jarnigoi,
Danser avec moi,
Au son d' la musette !

(*Il pousse Carmen légèrement du coude.*)

CARMEN, *riant.*

Ah ! malin !...

JACQUES, *d'un air avantageux.*

Mais oui !.. mais oui ! (*Reprenant l'air.*)

Eh ! allez donc !
En avant le rigodon ! etc.

JENNY, *renversée sur son fauteuil.*

Bah ! il faut que jeunesse se passe !

(*Mariette est venue se rasseoir à sa première place et Juliette est allée se mettre derrière le sofa, sur lequel elle s'appuie. — Carmen reste seule près de Jacques.*)

JACQUES.

Mais oui !

CARMEN.

Et la jeunesse, ça dure toute la vie.

JACQUES.

Mais oui !.. vous avez p't-être ben raison !... seulement... voyez-vous... Georges... faut pas... parce que.. mais moi.. moi j'suis mon maître... (*tapant sur son sac*) j'suis riche... je n'dépends d'personne... de personne... j'suis libre !...

(*A ce moment, une voix dans la coulisse chante doucement l'air : Clochettes du village, que chantait Madeleine au premier acte. — C'est la voix de Satan. — Jacques, en entendant, commence par fredonner l'air en même temps que la voix ; puis sa physionomie change peu à peu d'expression, et tout troublé, il laisse échapper son bâton de sa main.*)

LA VOIX, *en dehors.*

« Sonnez, clochettes du village,
» Nous mettrons nos plus beaux habits ;
» Car c'est demain fête au pays,
» Et nous danserons sous l'ombrage.
» Sonnez, (*bis*) clochettes du village ! »

(*Aux premières notes de ce chant, Carmen étonnée est allée se rasseoir sur le sofa ; Juliette a été soulever la portière de la porte du pan coupé à droite, et écoute ; Berthe est remontée près de la porte du fond, écoutant de même. — Toutes enfin expriment la surprise et l'attention.*)

JACQUES, *à lui-même, pendant que l'air continue à l'orchestre jusqu'à sa sortie.*

Non... je ne suis pas libre !... cette chanson... c'est le souvenir de Madeleine, qui me rappelle mon devoir... de Madeleine, qui me dit de sauver Georges, son fiancé !... oh ! oui, ma sœur... (*ramassant son bâton.*) je reprends le bâton de voyage... je saurai où est Georges... et je sauverai sa fortune et son honneur !... (*Aux femmes, en remontant.*) Bonsoir, les belles de nuit !... J'en ai assez d'vot' Paris, d'vos lumières, d'vot' bruit, d'vot' macadam et d'vos filous... j'ai besoin d'air !... j'ai besoin... d'embrasser des honnêtes gens !...

(*Il sort vivement par le fond.*)

SCENE XVI.

JENNY, MARIETTE, BERTHE, JULIETTE, CARMEN, *puis* JULIE.

LES FEMMES, *riant et criant.*

Bonsoir, monsieur Jacques ! (*Juliette va rejoindre les autres femmes.*)

MARIETTE, *criant du côté de la porte du fond.*

Bien des choses à vos poules !

JULIE, *entrant par la première porte de droite et s'approchant de Carmen.*

Madame...

CARMEN.

Julie... c'est vous qui chantiez là, tout à l'heure... cet air breton ?

JULIE, *embarrassée.*

Moi ?... oui... oui... madame...

CARMEN.

Je vous défends de chanter autre chose que l'air de Périnette... vous m'entendez ?

JULIE.

Oui, madame...

CARMEN.

Vous le savez ?...

JULIE.

Non, madame...

CARMEN.

Eh bien ! apprenez-le.

JULIE.

C'est bien, madame... Madame, quelqu'un vient de monter par l'escalier de service...

CARMEN, *avec éclat.*

Encore un paysan?... je n'y suis pas... qu'on le jette par la fenêtre!...

JULIE.

Non, madame... (*baissant la voix*) c'est un vieux monsieur... il dit comme ça, qu'il est la personne de la rue d'Amsterdam...

(*Elle se retire au fond, à droite.*)

CARMEN, *se levant, à part.*

Jacobus!... Jacobus chez moi!... l'imprudent!... (*Haut, et venant au milieu, tandis que Berthe et Juliette descendent à sa gauche.*) Mes chères bonnes... une visite... vous comprenez...

MARIETTE, *se levant, ainsi que Jenny, et venant à Carmen.*

Mets-nous vite à la porte... Mesdames, qui m'aime me suive! Au Moulin rouge!...

TOUTES, *excepté Carmen.*

Au Moulin rouge!

ENSEMBLE.

AIR *de Pilati.*

Tin, tin, tin, tin,
Des bonnes filles,
Tin, tin, tin, tin,
Toujours en train,
Tin, tin, tin, tin,
Toujours gentilles,
Tin, tin, tin, tin,
C'est le refrain!...

(*Mariette, Jenny, Juliette et Berthe sortent gaîment par le fond. — Carmen les accompagne jusqu'à la porte. — Musique à l'orchestre jusqu'au baisser du rideau.*)

SCÈNE XVII.

CARMEN, JULIE, *puis* JACOBUS; *et à la fin* SATAN.

CARMEN, *après s'être assurée qu'on ne peut plus l'entendre, et avoir fermé la porte du fond.*

Faites entrer.

(Scène muette. — Julie va à la première porte à droite, fait un signe au dehors, et aussitôt on voit entrer Jacobus. — Julie sort par la même porte qu'elle referme. Jacobus est un petit vieillard vêtu de noir, chapeau douteux, habit boutonné, absence de linge. — En voyant Carmen, il salue jusqu'à terre. — Carmen lui montre du doigt le guéridon, et va écouter à la porte du fond. — Jacobus traverse le théâtre, va s'asseoir près du guéridon, à gauche, et pose son chapeau par terre entre ses jambes. — Carmen vient alors s'asseoir en face de lui. — A ce moment, Satan soulève la portière de la porte du pan coupé, à droite, et s'avance un peu en observant. Jacobus tire de sa poche un vieux portefeuille, dans lequel il prend des billets de banque, qu'il étale sur le guéridon aux yeux de Carmen, qui les contemple avec avidité.)

SATAN, *à part.*

Enfin, je vais donc connaître le secret de Carmen, la bonne fille!...

(*Il prête l'oreille. — Carmen compte les billets. — Au moment où Jacobus ouvre la bouche pour parler, la toile tombe.*)

ACTE IV.

UN NID DE VAUTOURS.

Le théâtre est divisé en deux compartiments. —Le premier compartiment, à gauche, occupe les deux tiers du théâtre : c'est chez Jacobus. — Deux portes au fond ; celle de gauche, conduisant à l'extérieur, et celle de droite à l'intérieur. — A gauche, sur le devant, adossé au mur, un bureau avec cartons, casiers, une sonnette, papiers, plumes et encre, registres, etc. Une lampe avec un globe et un abat-jour brûle sur ce bureau. — Au deuxième plan, à gauche, une cheminée surmontée d'une glace. — Pendule sur la cheminée. — Chaises. — Un petit canapé au fond, entre les deux portes. — A la porte du fond, à gauche, il y a un petit guichet. — Le deuxième compartiment, à droite, qui n'occupe qu'un tiers du théâtre, est un petit cabinet d'hôtel garni. — Au fond, une commode surmontée d'une glace. — A gauche, adossée au mur de séparation, une table. — A droite, un grand fauteuil. — Une autre chaise entre la table et la commode. — Deux portes : l'une au premier plan, à droite, conduisant à un autre cabinet ; l'autre au deuxième plan, du même côté, donnant sur l'escalier. — Une bougie allumée sur la table. — Une porte de communication, dont la serrure est du côté droit, existe au premier plan, dans le mur qui sépare les deux compartiments.

SCÈNE I.

UN HOMME, *à gauche.* JOSEPH *et* JACQUES, *à droite.*

(*Au lever du rideau, un homme, dans le compartiment de gauche, est assis au bureau et travaille, le dos presque tourné au public, de manière à ce qu'on ne puisse voir son visage. — Dans le compartiment de droite, Jacques, étendu dans le grand fauteuil à droite, fume sa pipe. — Joseph, garçon d'hôtel, est occupé à faire sa valise, qui est à terre.*)

JACQUES, *assis.*

A quelle heure les départs?

JOSEPH.

A onze heures trente-cinq... et une heure trente-cinq du matin...

JACQUES.

Je partirai à onze heures... Combien qu'il faut de temps pour aller au chemin de fer d'Orléans?...

JOSEPH.

Trois bons quarts d'heure... Comme ça, monsieur a assez de Paris?...

JACQUES.

J'en ai même d'trop!... crédienne!... la vilaine ville!... Des femmes, que vous ne connaissez point, et qui vous font des agaceries!... des filous qui reluquent vos breloques!... un tas de monde, qui va, qui vient, qui vous pousse!... Oh! j'aime ben mieux Paimpol... et j'y retourne.

JOSEPH.

Vous avez eu bon nez tout de même de descendre dans cet hôtel... l'hôtel de la Paix.

JACQUES.

Ah! oui!... avec ça qu'il est tranquille votre hôtel de la Paix!... Je n'sais pas c'qu'ils font à côté, mais ils sont un peu turbulents, les voisins!... Tous les soirs, sur le coup de huit heures, c'est un tapage... j'les entends baragouiner un tas de choses auxquelles je n'comprends goutte et qui m'empêchent de dormir!... (*Montrant la porte de communication.*) Pourquoi diable a-t-on percé c'tte porte aussi?...

JOSEPH.

Monsieur... je vas vous dire... autrefois les deux maisons appartenaient au même propriétaire... (*Montrant l'autre compartiment.*) C'était là son logement... et par cette porte, il allait et venait, cet homme, pour surveiller ses immeubles!

JACQUES, *qui a tiré sa blague de sa poche, se levant.*

Bon! v'là que j'n'ai plus d'tabac!

JOSEPH, *vivement, et lui en donnant un petit paquet, qu'il prend dans la poche de son tablier.*

Monsieur, voilà un paquet de deux sous.

JACQUES, *le payant.*

Tiens... les v'là, tes deux sous!... (*Il se rassied.*)

JOSEPH.

Monsieur, c'est encore un sou.

JACQUES, *qui était en train de bourrer sa pipe.*

Plaît-il?

JOSEPH.

Un paquet de deux sous... c'est trois sous... c'est comme les petits pains d'un sou... un petit pain d'un sou, deux sous... c'est connu, ça!

JACQUES.

Ah!... tiens, le v'là, ton sou. (*Il paye.*)

JOSEPH, *tirant un papier de sa poche.*

Pendant que j'y suis, je vais donner à monsieur la petite note du mois. (*Il lui remet le papier.*)

JACQUES.

Ah! oui!.. (*Parcourant la note.*) Comment!... mais on s'est trompé.

JOSEPH, *qui s'est remis à faire la valise.*

Non, monsieur, n'y a pas d'erreurs... j'ai vérifié.

JACQUES, *s'exclamant.*

Quarante francs ce cabinet!... c'était vingt francs le mois dernier.

JOSEPH.

Monsieur... je vas vous dire... c'est que dans ce moment-ci on augmente un peu les loyers... Les chambres de vingt francs, c'est quarante francs maintenant.

JACQUES.

Et pourquoi ça?...

JOSEPH.

Monsieur... parce que les affaires vont bien... Là... voilà votre valise qui est faite.

JACQUES.

Mets-la dans un coin... (*Joseph la met sur la commode.*) Bien.

JOSEPH.

Faudra-t-il aller chercher une voiture à monsieur, pour le conduire à l'embarcadère?

JACQUES, *se levant, et passant à gauche.*

Oui... une voiture de vingt-cinq sous... (*Se retournant.*) Ah! dis donc, combien qu'c'est à Paris, les voitures de vingt-cinq sous?...

JOSEPH.

Monsieur plaisante... les voitures de vingt-cinq sous, c'est vingt-sept sous.

JACQUES.

Hein?...

JOSEPH.

Avec le pour boire du cocher. (*A part.*) Ah çà, d'où sort-il, ce paysan-là? il ne sait donc rien. (*Il va pour sortir.*)

JACQUES.

Attends... j' vas t' payer ta note. (*Tirant son sac de sa poche et comptant l'argent sur la table.*) Soixante francs!.. n'y a pas moyen d' rabattre quelqu' chose?...

JOSEPH.

Oh! non, monsieur!

JACQUES.

Une pièce de cent sous?...

JOSEPH.

Impossible, monsieur.

JACQUES.

Crédienne! la vilaine ville!... allons... (*Lui présentant l'argent.*) Les v'là tes soixante francs. (*Par réflexion.*) C'te note est acquittée?...(*Il la regarde.*)

JOSEPH.

Oui, monsieur...

JACQUES, *lui donnant l'argent.*

C'est donc fini... je n'dois plus rien?... (*Il remet son sac dans sa poche et serre la note dans son portefeuille.*)

JOSEPH, *d'un air aimable.*

Monsieur n'oubliera pas le petit pour boire du garçon?...

JACQUES.

Encore!... (*Fouillant à sa poche et lui donnant une pièce de monnaie.*) Allons... tiens, clampin, v'là un sou... es-tu content?

JOSEPH.

Ma foi, pas trop, monsieur...

JACQUES.

Eh ben!... qu'est-ce qu'il te faut encore?... Veux-tu mon chapeau, ma redingote, ma chemise?...

JOSEPH, *riant.*

Oh! monsieur plaisante... J'irai chercher la voiture sur les dix heures. (*Il va pour sortir.*)

JACQUES.

Oui... attends... quelle heure est-il?... (*Il consulte sa montre.*) Huit heures bientôt... j'ai encore plus de deux heures à moi... j' vas aller fumer une pipe dans la rue, en regardant les boutiques.

JOSEPH, *allant prendre la bougie sur la table.*

Je vais éclairer monsieur. (*Il va ouvrir la deuxième porte à droite.*)

JACQUES.

Dis donc, ça ne coûte rien à Paris pour regarder les boutiques?...

JOSEPH.

Pardon... quelquefois, ça coûte le mouchoir et la montre.

JACQUES, *renfonçant sa chaîne de montre.*

Ah! le mouchoir et... Crédienne! la vilaine ville!...

(*Joseph sort le premier par la deuxième porte à droite; Jacques le suit en bougonnant. — Nuit dans le compartiment de droite. — A ce moment, l'homme qui travaillait au bureau, dans le compartiment de gauche, relève la tête. C'est Jacobus.*)

SCENE II.

JACOBUS, *seul, parcourant des dossiers.*

Dossier Durand!... bon! Répondre à monsieur Demarsy que nous refusons... ses biens sont grevés d'hypothèques... c'est un homme fini... Ecrire à l'huissier pour l'affaire de Sennecey... (*Remettant les dossiers sur le bureau.*) Allons, allons, je n'ai pas perdu ma journée... (*Huit heures sonnent à la pendule.*) Huit heures!... (*Bruit de voix au dehors. Se levant.*) Ah! voilà les amis qui arrivent.

(*Il va ouvrir la porte du fond, à gauche. — Entrent alors Grimpart, Minguet, et deux autres usuriers.*)

SCENE III.

JACOBUS, GRIMPART, MINGUET, DEUX USURIERS. (*Tous ont une mise analogue à celle de Jacobus.*)

TOUS.

Bonjour, Jacobus!...

JACOBUS, *leur distribuant des poignées de main.*

Bonjour, mes enfants... toujours exacts... c'est très-bien... prenez place... (*Les usuriers s'asseyent, en formant le demi-cercle. Jacobus va à son bureau, et agite la sonnette qui est placée dessus; puis il se tourne vers ses confrères, et reste debout, en se servant de sa chaise comme d'une tribune.*) La séance est ouverte. — Messieurs, il y a deux ans, nous avons formé une société philanthropique ayant pour but d'aider ces infortunés jeunes gens, à qui des pères marâtres refusent cent mille francs par an!... Les pères sont des égoïstes, messieurs... ils ne veulent pas que leurs fils boivent du champagne la nuit, et jettent l'argent par les fenêtres, avec ce laisser-aller qui honore la jeunesse parisienne! Mais nous sommes là, messieurs... toujours avec le petit intérêt de quarante-cinq pour cent que nous prenons d'habitude!... (*Marques d'assentiment parmi les usuriers.*) Amis de l'humanité qui ingurgite, Mécènes généreux de la débine intelligente, nous trouvons en nous-mêmes le prix de nos bonnes actions!...

TOUS.

Très-bien!... très-bien!...

JACOBUS, *prenant un dossier sur son bureau.*

Monsieur Gaston de Givré n'a pas payé.

TOUS.

A Clichy!... à Clichy!...

JACOBUS.

J'ai prévenu vos désirs, messieurs... il est dedans depuis ce matin.

(*Il remet le dossier sur son bureau et se prépare à en prendre un autre, lorsqu'il est interrompu par Grimpart.*)

GRIMPART, *désignant Minguet.*

Jacobus, je vous signale Minguet, que voilà!... Minguet, qui, au mépris de nos engagements, fait des affaires à part!...

MINGUET, *se levant.*

Moi?...

(*Les deux autres usuriers se lèvent.*)

GRIMPART, *à Minguet.*

Oui... vous!... vous nous faites de la concurrence... vous prêtez à trente-cinq!...

TOUS.

C'est une infamie!...

MINGUET.

C'est faux!...

GRIMPART *et les* DEUX AUTRES.

C'est vrai!...

(*Tumulte. — On entoure Minguet avec menace. Grimpart a déjà le bras levé sur lui, lorsque Jacobus parvient, non sans beaucoup de peine, à s'interposer.*)

JACOBUS, *se mettant entre Grimpart et Minguet.**

Eh bien! messieurs... qu'est-ce que c'est?... une rixe en ces lieux... dans une société d'honnêtes gens!... Si on nous voyait, on nous prendrait pour de la canaille!

TOUS, *se calmant.*

Il a raison. (*On frappe à la porte du fond, à gauche. Tous s'arrêtent interdits, et prêtent l'oreille.*) Hein?...

GRIMPART.

On a frappé!...

JACOBUS.

Eh! c'est l'ami Garnier qui est en retard.

(*Il va ouvrir. — Les autres remettent leurs chaises en place. — Satan paraît dans une mise très-élégante.*)

SCÈNE IV.

LES MÊMES, SATAN.

SATAN, *entrant.*

Bonjour, messieurs.

(*Jacobus referme la porte.*)

TOUS, *surpris.*

Qu'est-ce que c'est que ça ?...

JACOBUS, *à Satan.*

Monsieur... pourriez-vous nous dire ?...

SATAN.

Qui je suis?... un des vôtres... un jeune vautour plein d'espérance... et qui ne demande qu'à voler.

TOUS.

Hein ?...

JACOBUS.

Monsieur... cette plaisanterie...

SATAN.

Je ne plaisante jamais !...

JACOBUS, *un peu inquiet.*

Monsieur... nous ne sommes pas ce que vous croyez..

SATAN.

Vous n'êtes pas des coquins ?...

JACOBUS, *vivement.*

Si ! (*se reprenant*) c'est-à-dire, non... Nous sommes des faiseurs d'affaires, de simples agents.

SATAN.

Allons donc !... vous êtes des usuriers, mes très-chers... des vautours... mais vous n'entendez rien à votre métier.

TOUS.

Comment?

SATAN.

Vous êtes des Gobsek de bas étage ; vous prêtez à la petite semaine ; vous dînez à vingt-deux sous et vous avez les mains sales. De nos jours, Gobsek s'habille chez Humann, fait trois repas au café de Paris, et donne cent sous au garçon. De nos jours, on rencontre Gobsek à Tortoni ; il y fume des londrès et paie des glaces à ses clientes... Vous êtes de l'ancienne école, vous autres, et moi de la nouvelle... voilà tout. Vous continuez Harpagon... vous manquez de linge et vous avez des chapeaux gras... Ah! fi! pouah! allons donc!... changez-moi tout ça... vous pouvez voler, messieurs, mais, que diable ! il faut mettre des gants !

TOUS.

Mais...

SATAN.

Vous prêtez à quarante-cinq... moi, je prête à soixante-dix... voilà !

TOUS, *avec admiration.*

A soixante-dix !...

SATAN.

Ça vous étonne ? je vais vous étonner bien davantage... Je viens vous proposer une affaire... (*Tous se rapprochent de lui.*) Une affaire, avec deux cent cinquante pour cent de bénéfice.

JACOBUS, *avec empressement.*

Donnez-vous donc la peine de vous asseoir.

(*Chacun lui apporte vivement une chaise. Il s'assied sur celle que lui présente Jacobus.*)

SATAN, *assis.*

Asseyez-vous, messieurs... je vous en donne la permission. (*Ils s'asseyent : Jacobus tout près de lui.*) Vous saurez que l'on vient de mettre en vente, en Bretagne, la propriété de Kerven. — Monsieur Georges de Kerven a beaucoup dépensé... La propriété est située à Paimpol, dans le Finistère... (*Tirant un papier de sa poche.*) Voici, du reste, le plan que je me suis procuré... (*Il le donne à Jacobus, qui l'examine pendant ce qui suit.*) La mise à prix sera forcément de cent mille francs, au moins... et les enchères pourront monter à trois cent mille. — L'important serait donc de traiter immédiatement avec monsieur Georges de Kerven... Il aurait besoin, pour réparer des pertes à la Bourse, de cinquante mille francs. — Pour cette somme, messieurs, nous pourrions avoir la propriété. Pour cette somme, nous gagnons net deux cent cinquante mille francs !

(*Il se lève.*)

TOUS, *se levant aussi.*

Oh !...

(*Ils remettent les chaises en place et vont entourer Jacobus, qui leur montre le plan.*)

SATAN, *passant à droite.*

C'est donc un appel de fonds, messieurs, que j'ai l'honneur de vous faire.

GRIMPART, *regardant le plan.*

C'est superbe !... je vois... je vois... la terre... c'est ce qu'il y a de mieux.

MINGUET.

C'est le meilleur placement.

TOUS.

Oui !... oui !...

GRIMPART.

Mes enfants, demain, ici, à midi !

TOUS.

A midi !...

GRIMPART, *passant près de Satan.*

Adieu, jeune homme... vous irez loin... vous entendez les affaires... vous avez du flaire...

SATAN, *à part, consultant sa montre.*

Bientôt neuf heures !

(*Jacobus, qui examinait encore le plan tout seul, le met sur son bureau.*)

GRIMPART, *aux autres usuriers.*

A demain !

TOUS.

A demain !

(*Musique à l'orchestre. — Grimpart, Minguet et les deux usuriers sortent par la porte du fond, à gauche. — Jacobus les reconduit jusqu'à la porte. — Satan va s'asseoir près du bureau.*)

SCÈNE V.

SATAN, JACOBUS.

JACOBUS, *redescendant, après avoir fermé la porte, aspirant fortement une prise de tabac et s'approchant en riant de Satan, qui n'a pas l'air de faire attention à lui.*

Hé! hé! hé! hé!... Vous n'êtes pas fort, mon petit jeune homme !... vous n'êtes pas fort...

SATAN, *tournant négligemment la tête vers lui.*

Vous croyez ?... et pourquoi ?...

JACOBUS.

L'affaire est superbe !... fallait donc la garder pour nous deux.

SATAN, *riant.*

Bah ! mais ces gens-là sont vos amis.

JACOBUS.

Eux? mes amis... ces misérables-là !... je n'ai qu'un ami au monde... c'est moi !

SATAN.

Ma foi, mon cher, il est facile de dire à ces braves gens que l'affaire ne tient plus... Gardons-la pour nous. — Avez-vous un bâilleur de fonds ?...

JACOBUS, *mystérieusement.*

J'ai un bâilleur de fonds.

SATAN.

Une personne sûre ?

JACOBUS.

Une personne... très-sûre.

SATAN, *vivement.*

Qui se nomme ?

JACOBUS, *mystérieusement, après avoir regardé autour de lui.*

Elle se nomme pas.

SATAN.

Ah !... (*Après un silence.*) Et vous croyez que la personne ferait les fonds ?

JACOBUS.

Je l'y déciderai.

SATAN, *reprenant le plan sur le bureau.*

Affaire d'or, mon cher !...

JACOBUS, *examinant le plan que tient Satan.*

On peut diviser le terrain et vendre par lots.

SATAN.

Évidemment.

JACOBUS, *joyeux.*

Hé! hé! hé! hé! quelle affaire, petit !.. quelle affaire ! (*Désignant un endroit sur le plan.*) J'abattrai la maison qui ne rapporte rien. La terre, c'est comme l'argent, mon fils, il faut que ça rapporte... (*Il gagne la droite en se frottant les mains.*)

SATAN, *remettant le plan sur le bureau et se levant.*

Vous avez raison. (*Se rapprochant de lui.*) Vous êtes un vieux renard, vous!

JACOBUS, *riant.*

Hé! hé! hé! hé!

SATAN, *lui tapant sur l'épaule.*

Ça n'est pas facile de vous tromper.

JACOBUS.

Non. Qu'on y vienne!... qu'on y vienne!

SATAN.

Ah! ah!

JACOBUS.

Dis donc, mon fils, j'ai là une bonne bouteille de fin cognac... Qu'en dis-tu? hein?...

SATAN.

Allons, ça va!...

JACOBUS.

Attends-moi... je reviens... (*Musique à l'orchestre. Il remonte, et arrivé près de la porte du fond à droite, il se retourne vers Satan.*) Attends-moi!... (*Il sort.*)

SATAN, *tirant sa montre.*

Neuf heures! (*Allant entr'ouvrir la porte du fond à gauche.*) J'entends marcher dans l'escalier... ce sont eux! (*Il laisse la porte tout contre et vient vivement s'asseoir près du bureau. A ce moment, on frappe au fond. — Sans se déranger.*) Entrez!... (*Il est placé de manière à ce qu'on ne puisse voir son visage et feint de travailler.*)

SCÈNE VI.

SATAN, GEORGES, CHABANAIS.

GEORGES, *entrant avec Chabanais par la porte du fond, à gauche.*

Monsieur Jacobus?

SATAN, *qui leur tourne le dos, déguisant sa voix.*

Il va venir, veuillez l'attendre.

CHABANAIS.

Attendons.

(*Georges et Chabanais descendent la scène.*)

GEORGES, *à Chabanais.*

C'est décidément une curieuse aventure que la nôtre!

CHABANAIS.

Tu as voulu venir... tant pis pour toi! C'est peut-être un piége qui nous attend.

GEORGES.

Allons donc! (*Tirant une lettre de sa poche.*) Mais comment expliquer cette lettre? (*L'ouvrant et lisant:*) « Avez-vous besoin » d'argent? Venez ce soir, à neuf heures très-précises, rue » d'Amsterdam, chez monsieur Jacobus; vous lui direz que » vous vous appelez Albert Dumont. »

CHABANAIS.

Et pour toute signature?...

GEORGES.

« Un ami. » (*Il remet la lettre dans sa poche.*)

CHABANAIS.

« Avez-vous besoin d'argent? » Je le crois, fichtre, bien, que que nous avons besoin d'argent!... surtout après les folles dépenses que tu as faites pour Carmen!...

GEORGES.

Et j'ai souscrit cette fatale lettre de change...

CHABANAIS, *avec un soupir.*

De dix mille francs!...

GEORGES.

C'est demain l'échéance, et si je n'ai pas cet argent... (*Remontant et passant à droite.*) Mais je verrai mes amis!...

CHABANAIS.

Oh! les amis!... c'est comme les fiacres!... quand il pleut, on n'en trouve pas!

GEORGES.

Et puis, j'ai d'autres ressources!...

CHABANAIS.

Lesquelles?... Entre nous, tu as déjà mis pas mal au mont-de-piété!

GEORGES, *avec impatience.*

Hé!... le mont-de-piété!...

CHABANAIS.

N'en dis pas de mal... Le mont-de-piété, c'est le temple de la reconnaissance!...

GEORGES.

Eh bien! je vendrai ma terre, et alors...

CHABANAIS.

Ça nous fera boulotter quelque temps... Mais je te conseille de te méfier des usuriers. Quand je pense qu'il y a trois jours je vais chez un de ces carnivores pour emprunter mille francs. Il me donne quatre cents francs comptant, un crocodile empaillé et pour cinq cents francs de souricières... Qu'est-ce que je vais faire de tout ça?

GEORGES, *riant.*

Ce pauvre Chabanais! (*Il remonte vers la gauche.*)

CHABANAIS.

Il n'y aura jamais assez de souris en France pour toutes mes souricières... il faudra en faire venir de l'étranger.

GEORGES.

Après tout, ce Jacobus sera peut-être plus accommodant!...

SATAN, *se levant et se tournant vers eux.*

Bonjour, Georges!...

GEORGES et CHABANAIS, *surpris.*

Satan!...

SATAN, *ironiquement.*

Comment se porte mademoiselle Carmen?...

GEORGES.

Ah! je m'explique tout!... (*Tirant sa lettre de sa poche.*) C'est toi qui m'as écrit?...

SATAN.

Moi?... pas le moins du monde!

GEORGES, *s'approchant de lui.*

Comment!... cette lettre...

(*Il la lui montre toute ouverte.*)

SATAN, *jetant un coup d'œil sur la lettre.*

N'est pas de moi, mon cher... je suis ici incognito... et je te prie de ne pas me reconnaître.

(*Il lui tourne le dos.*)

GEORGES.

Soit!...

SCÈNE VII.

LES MÊMES, JACOBUS.

JACOBUS, *rentrant par la porte du fond, à droite, une bouteille sous le bras.*

Voilà la chose!... voilà... (*Apercevant Georges et Chabanais.*) Deux étrangers!... Messieurs, puis-je savoir?...

GEORGES, *le chapeau à la main, ainsi que Chabanais.*

Monsieur Jacobus?...

JACOBUS.

C'est moi, messieurs.

GEORGES, *se couvrant, ainsi que Chabanais.*

J'ai besoin d'argent!... pouvez-vous m'en vendre?...

JACOBUS.

Monsieur, je désirerais avoir savoir... à qui j'ai l'honneur et l'avantage de parler...

GEORGES.

Je me nomme...

SATAN.

Hum!... hum!...

GEORGES, *après avoir jeté un regard sur Satan.*

Albert Dumont...

(*Satan remonte près de la cheminée, sur laquelle il s'accoude.*)

JACOBUS, *montrant Chabanais.*

Et monsieur?...

CHABANAIS

Je suis son ami.

JACOBUS, *à part et passant à gauche, après avoir regardé Georges et Chabanais.*

Mauvaise affaire!... mauvaise affaire!... (*Haut, et allant à son bureau, sur lequel il dépose sa bouteille.*) L'argent est bien rare, messieurs... pourtant, nous allons causer... Il est si doux d'être utile à la jeunesse... Pauvre jeunesse!... Les pères sont si injustes!... (*S'asseyant devant son bureau.*) Asseyez-vous, messieurs... (*Georges et Chabanais prennent chacun une chaise et s'asseyent.*) Nous disons donc...

GEORGES.

Il me faut dix mille francs demain matin.

JACOBUS.

Dix mille francs!... Peste!... c'est une somme!

SATAN, *toujours près de la cheminée, consultant sa montre, à part.*

Neuf heures et demie !... Enfin !...

(*Il prête l'oreille. — Musique à l'orchestre.*)

JACOBUS.

Ah ! jeunes gens... dix mille francs !... J'ai tout au plus quatre mille francs chez moi !...

CHABANAIS, *bas à Georges.*

Méfie-toi des souricières...

SATAN, *à part.*

On monte !... (*Avec joie.*) Ah !...

(*On frappe trois coups à la porte du fond, à gauche. — Tous les personnages s'arrêtent interdits.*)

JACOBUS, *à part, avec inquiétude et se levant.*

Qui peut venir à cette heure ?... (*Haut à Georges et à Chabanais.*) Vous permettez, messieurs...

GEORGES *et* CHABANAIS.

Faites donc !

JACOBUS, *allant à la porte du fond, à gauche, ouvrant le guichet, regardant au dehors et poussant un cri.*

Ah !...

GEORGES *et* CHABANAIS, *se retournant.*

Quoi ?...

JACOBUS, *vivement.*

Rien !... (*Parlant à travers le guichet.*) Un moment !... un moment !...

(*Il referme le guichet.*)

SATAN, *à Jacobus.*

Qu'est-ce donc ?

JACOBUS, *bas.*

C'est la personne... vous savez... la personne qui ferait l'affaire... mais je ne puis la recevoir.

SATAN, *bas.*

Recevez-la, au contraire... Je passerai dans votre chambre avec ces messieurs... J'occuperai leur attention... et vous pourrez avoir une décision immédiate...

JACOBUS, *bas.*

C'est vrai... occupez-les... car la personne a le plus grand intérêt à n'être pas connue. C'est... c'est un monsieur très-haut placé...

SATAN, *bas.*

Soyez tranquille... je me charge de tout...

JACOBUS, *à Georges et à Chabanais, en descendant.*

Messieurs, une visite... vous comprenez...(*Georges et Chabanais se lèvent et remettent leurs chaises en place.*) Veuillez prendre la peine d'attendre dans ma chambre... (*Il désigne la porte du fond, à droite, puis passe à gauche.*) Avec mon premier clerc. (*Il montre Satan.*)

CHABANAIS.

Ah ! monsieur est ?...

JACOBUS.

Mon premier clerc... Tout à l'heure, nous arrangerons notre petite affaire.

GEORGES, *à Chabanais.*

Allons, viens !...

CHABANAIS, *à part, regardant Satan.*

C'est égal... je suis fâché d'être venu, moi !... (*Georges et Chabanais sortent par la porte du fond, à droite; Satan les suit, après avoir fait du geste une dernière recommandation à Jacobus : la porte se ferme. — On frappe de nouveau à la porte du fond, à gauche, avec une certaine impatience.*)

JACOBUS.

Voilà ! voilà ! (*Il va ouvrir, Carmen entre.*)

SCENE VIII.

JACOBUS, CARMEN (*mise des plus voilées*).

JACOBUS, *presque à voix basse, après avoir refermé la porte.*

Vous ici, madame !...

CARMEN, *levant son voile.*

Ne m'avez-vous pas écrit ?...

JACOBUS.

Moi ?... non !...

CARMEN.

Vous êtes fou !... (*Lui tendant une lettre.*) Tenez... (*Jacobus prend la lettre d'un air étonné. Carmen s'assied à droite.*)

JACOBUS, *lisant la lettre.*

« Madame, soyez à neuf heures et demie très-précises chez » moi... il faut que je vous parle... il s'agit de vos plus graves » intérêts... »

CARMEN.

Et signé ?...

JACOBUS, *atterré.*

« Jacobus... »

CARMEN, *riant.*

Vous voyez bien.

JACOBUS, *à part.*

Quand diable ai-je écrit cette lettre ?...

CARMEN.

De quoi s'agit-il ?

JACOBUS.

Mais, madame... je... je ne sais pas...

CARMEN.

Ah çà, est-ce que vous devenez idiot, Jacobus ?... vous, si lucide d'ordinaire !...

JACOBUS, *à part, regardant la lettre.*

Est-ce que je serais somnambule ? (*Il met la lettre dans sa poche.*)

CARMEN.

Mais laissons cela... Quel est ce monsieur Jules Vernon à qui vous avez prêté ?

JACOBUS.

C'est un artiste, un peintre.

CARMEN.

Un artiste ?... Bon !... alors, il n'a pas payé ?...

JACOBUS.

Non, madame... mais j'ai fait saisir avant hier chez lui...

CARMEN.

Vous l'avez saisi ?... et que disait-il, ce monsieur ?

JACOBUS.

Il riait comme un fou !... il dansait la polka devant mes hommes...

CARMEN.

Sont-ils heureux, ces artistes !... On dirait qu'ils ont inventé le même jour la misère et les chansons !...

JACOBUS, *riant.*

C'est, ma foi, vrai !...

CARMEN.

Est-il joli garçon ?...

JACOBUS.

Oui... pas mal !...

CARMEN.

Il faut lui rendre son mobilier... (*Mouvement de Jacobus.*) Vous vous rattraperez sur un autre... Et monsieur le marquis de Sennecey a-t-il payé ?

JACOBUS, *avec hésitation.*

Non, madame... mais...

CARMEN, *le regardant.*

Il vous a attendri... Ah çà, est-ce que, par hasard, vous auriez du cœur, Jacobus ?

JACOBUS, *avec bonhomie.*

Moi... je ne sais pas, madame... je n'ai jamais essayé... — Et vous ?

CARMEN, *se levant.*

Moi ?... (*Après un silence.*) J'en ai eu... oui... quand j'étais une grisette... un jour, j'ai aimé un jeune homme, qui ne me regardait seulement pas. — Puis, comme il arrive quelquefois à Paris, je suis tombée de mon sixième étage dans un coupé... sans me faire de mal..... ma mansarde est devenue un boudoir... La grisette est devenue Carmen !... Ah ! ce jour-là, le jeune homme sonnait chez moi ..

JACOBUS.

Vous l'avez bien reçu, je parie...

CARMEN, *froidement.*

Je l'ai fait mettre à la porte. — Ce n'était plus moi qu'il aimait, c'était la Carmen, la femme à la mode !... Il m'aimait, parce que l'on m'aimait... parce que j'avais des chevaux dans mon écurie et des diamants à mon cou !... Ce jour-là, Jacobus, j'ai tout compris... j'ai jeté mon cœur par la fenêtre... tant pis pour ceux qui le ramassent !...

JACOBUS.

Et maintenant ?

CARMEN, *avec un soupir et se rasseyant.*

Et maintenant... je suis heureuse!.. je ne crois plus à rien... qu'à mon cuisinier et à ma modiste!... En me servant de vous, Jacobus, qui sait?... je me venge peut-être... On dit que les fils de famille se noient chez nous?... c'est leur faute!... Pourquoi vont-ils toujours à la rivière?...

JACOBUS.

C'est, ma foi, vrai!... Cependant, il y en a qui vous aiment...

CARMEN.

Et je ne les aime pas... n'est-il pas vrai?. .

JACOBUS.

C'est de l'ingratitude.

CARMEN.

Soit... mais l'ingratitude, c'est l'indépendance du cœur!... c'est un grand philosophe que le monsieur qui a dit ça!...

JACOBUS.

Je vous remercie de vos confidences, madame... car, vraiment, c'est la première fois que vous me parlez avec cette franchise...

CARMEN.

Vous la méritez, Jacobus... vrai, je vous aime bien... je ne vous estime pas, par exemple!...

JACOBUS, *avec indifférence.*

Pouh!...

CARMEN.

Je vous dirai même quelque chose qui va vous faire plaisir... Il n'y a pas d'homme que je méprise autant que vous!... Vrai, si j'avais un père comme vous... je me jetterais à l'eau demain matin!...

JACOBUS, *riant.*

Quelle drôle de petite femme!... Et enfin, que voulez-vous?

CARMEN, *se levant, et avec énergie*

Ce que je veux?... je veux devenir riche, très-riche... puisque l'or est la vraie puissance... je veux...

JACOBUS.

Eh bien! madame, j'ai une affaire superbe à vous proposer... deux cent cinquante pour cent de bénéfice!...

CARMEN, *vivement.*

Que dites-vous?...

JACOBUS.

Ah!... ça vous fait déjà sourire!... oui, madame, on va dans quelques jours mettre en vente le domaine de Kerven.

CARMEN, *à part.*

De Kerven!...

JACOBUS.

Il faut empêcher la mise à prix. Si vous voulez, je m'entendrai avec l'héritier, monsieur Georges de Kerven.

CARMEN, *à part.*

Georges!... oh! jamais! jamais!... (*Musique à l'orchestre.*)

JACOBUS, *désignant son bureau.*

Je vais vous montrer le plan... vous allez voir... c'est une affaire d'or.

(*Jacobus va au bureau, sur lequel il étale le plan: Carmen le suit machinalement et s'assied à côté du bureau; puis Jacobus, debout, près d'elle, lui détaille le plan tout bas, pendant ce qui suit.*)

SCÈNE IX.

JACOBUS, et CARMEN, *à gauche*, JACQUES, *à droite.*

JACQUES, *entrant vivement dans le compartiment, à droite, par la deuxième porte à droite. — Ce côté de la scène est toujours dans l'obscurité.*

Ah! credienne!... Est-ce que j'avais la berlue?... c'est une vision!... (*Tombant assis sur le fauteuil.*) Ce jeune homme... qui a passé près de moi... tout à l'heure... qui m'a frôlé en passant... c'étaient bien les traits de Geneviève... de c'tte sœur, que je ne reverrai jamais!... Et quand j'ai voulu lui parler... disparu!... évanoui!... Ah! je suis fou!... v'là aussi que Paris m'ôte ma raison, à moi! (*Se levant.*) Il est temps que j' m'en aille! avec ça que ce doit être bientôt l'heure du départ. (*Cherchant à tâtons sur la commode et sur la table.*) Eh bien! où sont donc les allumettes?

JACOBUS, *à Carmen d'un ton victorieux, et en posant sa main sur le plan.*

A nous, madame, à nous le domaine de Kerven!

JACQUES, *s'arrêtant à ce mot qu'il entend.*

Hein?

CARMEN, *indécise.*

Mais... je ne puis...

JACQUES.

On dirait que les voisins parlent de Kerven! (*Il s'approche à tâtons de la porte de communication et prête l'oreille.*)

JACOBUS.

Une terre excellente! (*Désignant plusieurs points sur le plan*) Mais, voyez vous même, madame... les prés, les herbages, coin des ormes...

JACQUES.

Le coin des ormes, c'est ben ça.

JACOBUS.

Le clos Faillis... le bois Plantières...

JACQUES.

Plantières

JACOBUS.

Deux cent neuf arpens métriques...

JACQUES.

Mais oui, c'est tout à fait ça.

JACOBUS.

Le tout est d'une valeur de trois cent mille francs... mais ce Georges est ruiné.

JACQUES.

Ah! mon Dieu!

JACOBUS.

Et pour quarante mille francs, Kerven est à vous!

JACQUES.

Oh! les gueux!

CARMEN, *hésitant.*

Mais... je n'ai plus d'argent, vous le savez.

JACOBUS.

Vous avez chez vous des valeurs, des diamants... affaire d'or, madame!

CARMEN, *résolument.*

Eh bien! j'achèterai!

(*A ce moment, Jacques fait sauter la serrure de la porte de communication, et se précipite dans la chambre à gauche. En même temps, Georges y entre tout d'un coup, par la porte du fond, à droite, et s'arrête au fond, le regard sur Carmen. A cet aspect, Carmen se lève en poussant un cri, ainsi que Jacobus, qui se réfugie près de la porte du fond, à gauche. Tableau.*)

SCÈNE X.

CARMEN, JACOBUS, GEORGES, JACQUES; *puis* CHABANAIS, *et à la fin* JOSEPH.

JACQUES, *avec force, après un silence.*

Pardon, monsieur, madame et la compagnie!... je demande les enchères!...

GEORGES, *s'approchant lentement de Carmen.*

Bonjour, Carmen, la bonne fille!...

CARMEN, *atterrée.*

Georges!... (*Elle tombe assise près du bureau.*)

JACQUES, *à Jacobus, qui se trouve alors au fond, devant le petit canapé.*

Vous pouvez vous entendre, mon brave homme... (*Montrant Georges.*) Voilà le propriétaire!...

JACOBUS, *stupéfait, en regardant Georges.*

Lui!... Georges de Kerven!... on m'a trompé!... (*Avec désespoir.*) Mais il n'y a donc plus d'honnêtes gens dans le monde?...

GEORGES, *à Chabanais, qui paraît alors sur le seuil de la porte du fond, à droite.*

Entre donc, Chabanais... (*Chabanais s'avance un peu.*) Allons, j'ouvre les enchères!... A quarante mille francs, Kerven!... Personne ne dit mot?... (*Avec force.*) Adjugé à mademoiselle Carmen!...

CHABANAIS, *surpris.*

Carmen!... (*Il passe près du bureau et examine Carmen, qui cache sa tête dans ses mains, tandis que Georges ne la quitte pas des yeux.*)

JACQUES, *le regard fixé sur Jacobus.* *

Enfin!... v'là donc comment qu'c'est fait un usurier!... (*Jacobus s'approche de lui comme pour s'expliquer; Jacques le saisit au collet et le fait pirouetter rudement.*) J'en tiens donc un!...

JACOBUS, *tremblant.* **

Monsieur... je suis un vieillard!...

JACQUES, *le repoussant.*

Vous!... allons donc!

Air : *Epoux imprudent, fils rebelle.*

Vous... l'usurier qui grugez la jeunesse!...
Vous, le vautour qui volez des enfants!...
Quoi! vous osez invoquer vot' vieillesse,
Et vous osez montrer vos cheveux blancs,
Pour mieux voler l' respect des honnêt's gens!
(*Mouvement de Jacobus.*)
Allons, cessez de me parler encore!...
Oui, les vieillards... je les respecte... mais
Il faut se taire et n'invoquer jamais
Un âge que l'on déshonore! (*bis.*)

(*Jacobus remonte et reste au deuxième plan.*)

Mais, Dieu merci! j'suis averti! (*A Georges.*) Georges, tu l'vois, mon gars... v'là l'monde où j'te laisse!... mais, puisque tu l'veux... (*Brusquement.*) Bonsoir!... — Excusez, la compagnie... je n'vous salue pas! (*Il rentre vivement dans le compartiment à droite, et là il trouve Joseph, qui vient de paraître, une bougie à la main, et qui l'attend sur le seuil de la deuxième porte à droite. — Prenant sa valise sur la commode*) Allons, clampin, éclaire-moi! (*Se retournant vers la chambre de gauche et faisant un pas d'un air menaçant.*) Oh! les gueux!... (*Jacobus referme vivement la porte de communication et s'assied à côté.*) Crédienne! la vilaine ville!... (*Il sort, précédé de Joseph, qui l'éclaire, par la deuxième porte à droite. Chabanais s'approche de Jacobus, qu'il a l'air de narguer tout bas.*)

SCÈNE XI.

CARMEN, GEORGES, CHABANAIS, JACOBUS; *puis* SATAN.

CARMEN, *toujours assise, à Georges.*

Monsieur... c'est un piége infâme!

GEORGES, *moitié riant, remarquant la croix d'or de Geneviève, que Carmen a toujours au cou.*

Tiens! vous avez au cou la croix de Madeleine!... que diable ferez-vous de ça?... c'est creux et ça vaut trois francs!... monsieur Jacobus ne vous en donnerait rien... (*Carmen retire vivement la croix de son cou et la tend à Georges, qui la prend.*) A la bonne heure, gardez la croix de diamants des Carmen... vrai, celle-ci vous allait mal!... (*avec force*) c'est la croix des honnêtes filles! (*Il remonte et retrouve au fond Chabanais, qui, depuis un instant, a remonté aussi et l'attend près de la porte de sortie.*)

CARMEN.

Georges!... (*Satan paraît à la porte du fond, à droite.*)

GEORGES, *au fond.*

Adieu, Carmen!... adieu pour toujours!...

JACOBUS, *toujours assis sur le devant à droite, et l'œil morne, à lui-même.*

Demain, je déménage!...

(*Chabanais a ouvert la porte du fond, à gauche, et est déjà sur le palier; Georges est arrêté sur le seuil et regarde d'un air ironique Carmen, qui semble pétrifiée. — Jacobus se désespère, et Satan se jette sur le petit canapé du fond, en riant aux éclats. — Le rideau tombe sur ce tableau.*)

ACTE V.

RUE DE CLICHY, N° ***.

Une cellule de la prison pour dettes, rue de Clichy. — La porte à droite, près du mur du fond. — A gauche, adossé au mur, un lit en fer, dont la tête fait face au public. — A droite, sur le devant, une table, — trois chaises; une à côté du lit à la tête, les deux autres de chaque côté de la table; une redingote et un chapeau sont accrochés au mur du fond à gauche. — Sur les murs sont des dessins et des inscriptions. — Sur le mur de gauche, un dessin représentant une femme en débardeur, tenant un verre de champagne : on lit au dessus : ICI REPOSE L'INNOCENCE. — Sur le mur du fond sont les inscriptions suivantes : — A gauche, A TOUS LES COEURS BIEN NÉS CLICHY FUT TOUJOURS CHER. — Au milieu, tout en haut, VILLA CLICHY : — Au-dessous : A BAS LES CRÉANCIERS! — A BAS CABOCHARD, FILOU! — JACOBUS SERA PENDU! — A côté de cette inscription, un dessin représentant un bonhomme accroché à une potence. — Puis pour dernière ligne : NO! QUE JE N'EMBÊTE ICI! — Toujours sur le mur du fond, à droite, on lit d'abord : L'OR EST UNE CHIMÈRE. — Puis, au-dessous : VIVE BADEN-CLICHY! — Enfin on voit sur le mur de droite, à côté de la porte, en très-gros caractères : FORTE S. V. P. — Tous ces dessins et inscriptions sont grossièrement faits, comme avec du charbon.

SCÈNE I.

GEORGES, *seul, en costume du matin. — Il est étendu sur le lit, et dort.*

CHOEUR, *en dehors, sans accompagnement d'orchestre.*

Air : *Turlututu.* (J. Nargeot.)

Amis, chantons,
Rions,
Buvons :
C'est le plaisir
Qu'il faut saisir;
Il ne peut fuir.
Même en prison,
Une chanson
Sort du fond
De ce flacon.

(*Rires et tumulte en dehors. — On entend ouvrir la porte : le geôlier entre.*)

SCENE II.

GEORGES, *endormi,* LE GEOLIER; *puis* CHABANAIS.

LE GEOLIER, *parlant à la cantonade.*

Vous pouvez entrer, monsieur Chabanais... voici l'heure où les détenus ont le droit de communiquer entre eux...

(*Entre Chabanais : ses vêtements annoncent la plus complète débine. — Il tient sous son bras une souricière et à sa main un livre ouvert. — Le geôlier sort. — Chabanais descend à l'avant-scène et lit avec une grande émotion.*)

CHABANAIS.

« Le corbeau, honteux et confus,
» Jura, mais un peu tard, qu'on ne l'y prendrait plus. »

(*Jetant son livre sur la table, et s'adressant au public.*)

Quelle panne, monsieur!... Quelle débine! (*Montrant sa souricière.*) De toute ma splendeur voilà ce qui me reste... cette souricière!... Elle est le symbole du repentir!...

Air : *Je sais attacher des rubans.*

Je brillai dix jours à Paris,
De Bréda jusque dans Asnière...
Ah! que j'attrapai de souris!
Il me reste ma souricière.
Voyez cet instrument sans art,
De la vie emblème fidèle...
L'amour est le morceau de lard,
Mais la femme... c'est la ficelle!

(*Il s'assied accablé près de la table, sur laquelle il pose sa souricière.*)

J'ai voulu avoir du chic, monsieur... et maintenant... (*poussant un gros soupir*) ah!... Chevreuil a refusé de me faire l'œil... voilà un tailleur chez qui je ne reprendrai jamais rien!

GEORGES, *rêvant.*

Là! là!... voyez... une mine d'or!... une mine d'or!...

CHABANAIS, *se levant.*

Allons, bon!... voilà l'autre qui se croit en Australie!... va, mon bonhomme, va ton train... découvres-en des mines d'or! moi, cette nuit, j'ai rêvé que je découvrais une mine de créanciers... sans le vouloir!... Je me suis réveillé au moment où monsieur Chevreuil me demandait de l'argent... monsieur Verdier me donnait des coups avec une canne, qu'il m'avait vendue... trop cher! pendant que monsieur Pinaud, mon chapelier, me parlait insolemment... avec sa marchandise sur la tête!

Air : *Le joli rêve que j'ai fait.*

Les vilains rêves que j'ai faits!
Mes créanciers sortaient de terre.
Comm' je manquais de numéraire,
Mon tailleur me r'prit mes effets,
Mes pantalons, mes tweens anglais,
Et mes habits, et mes gilets!
Mon chemisier reprit ses ch'mises...
Mon bottier mes bott's... ce qui fait
Que votre serviteur était
Comme un sauvag' des îl's Marquises...
Le vilain rêve que j'ai fait! (4 *fois.*)

(*La musique continue à l'orchestre.*)

Ah! ma vieille philosophie m'abandonne!... (*Il se rassied en se mettant à cheval sur sa chaise.*)

GEORGES, *rêvant.*

De l'or!... tenez... là!... là... (*La musique finit par un forté. — Georges se réveille en sursaut.*) Où suis-je?...

CHABANAIS, *se tournant en face de lui.*

Rue de Clichy, mon bonhomme... et à Clichy!... autrement dit *Clichdorff*!...

GEORGES, *s'asseyant sur le bord de son lit.*

C'est vrai! ruiné!

CHABANAIS.

Moi... j'ai encore treize sous.

GEORGES, *amèrement.*

Ruiné à ce point, qu'hier, une heure avant notre arrestation, un vieux mendiant m'a tendu la main... et j'ai passé sans pouvoir lui faire l'aumône.

CHABANAIS.

Le même vieux mendiant m'a interpellé... je lui ai donné cinq centimes, en lui disant : « Allez, bonhomme, et ne mendiez plus! » Puisse cette bonne action me porter bonheur.

GEORGES.

Oui... nous sommes comme l'enfant prodigue...

CHABANAIS, *se levant.*

Ah! je demande le veau gras!... Du veau gras pour un, s'il vous plaît?...

GEORGES, *se levant aussi.*

Nous avons été fous!... nous avons frappé à la porte du plaisir...

CHABANAIS.

Et comme il était chez lui, il nous a ouvert... Ah! c'est une jolie ville que Paris!... On y mène une existence émaillée de folies, de demoiselles et d'écrevisses bordelaises!... Puis, un beau matin, que voit-on paraître?... pas mal de billets protestés qui poudroient et pas mal de lettres de change qui verdoient... et voilà...

GEORGES.

Puis, un horrible fiacre vous mène à Clichy...

CHABANAIS, *d'un ton tragique.*

Où nous sommes en train de pourrir sur la paille humide des cachots.

GEORGES.

Pauvre Madeleine!

CHABANAIS.

Infortunée Tronquette!

GEORGES, *allant se rasseoir sur le bord du lit.*

Ah! nous avons été bien coupables!...

CHABANAIS.

C'est-à-dire que, pour des Bretons, nous nous sommes conduits comme des Savoyards!

GEORGES, *avec colère.*

Et tout cela pour une Carmen qui me ruinait!...

CHABANAIS, *de même.*

Et tout cela pour une Mariette!... une fille de l'air qui m'a planté là le jour où je lui ai refusé du melon!...

GEORGES, *se levant subitement.*

Oh! c'en est trop!...

CHABANAIS, *avec éclat.*

Oui!... c'en est trop!...

GEORGES, *allant à lui et lui serrant énergiquement la main.*

Chabanais! il faut en finir avec la vie!...

CHABANAIS, *dégageant vivement sa main.*

Ah! non!... oh! non!... (*Passant à gauche.*) Oh! comme elle est mauvaise, celle-là!...

GEORGES.

Que faire, alors?...

CHABANAIS.

Que faire?... fais comme dans *Robert le Diable*... (*D'un ton mélodramatique.*) Vends ton âme au démon... pour avoir de l'or!... Ah! attends... je vais faire une évocation!... (*Musique à l'orchestre. Chabanais fait le tour du théâtre en étendant les bras, puis il chante sur un accompagnement d'orchestre :*)

Satan, qui protégeas mon ami Georges Kerven,
Viens, apparais!...

(*La musique continue. — La porte s'ouvre vivement, et Satan paraît en pantalon du matin, robe de chambre et pantoufles, le tout très-élégant. — A son premier mot, Georges et Chabanais se retournent, et, en l'apercevant, laissent échapper une exclamation de surprise.*)

SCENE III.

CHABANAIS, SATAN, GEORGES.

SATAN.

AIR *de la Clochette.*

Me voilà (*bis.*)
A vos ordres fidèle!
Me voilà! (*bis.*)
Je viens quand on m'appelle,
Me voilà! (*bis.*)
Je suis là!
Me voilà! (*7 fois.*)

GEORGES.

Toujours lui!...

CHABANAIS, *à Satan.*

Toujours vous!... (*Changeant de ton et lui tendant la main.*) Ça va bien?...

SATAN.

Pas mal, merci!... (*Il veut prendre la main de Chabanais, qui la retire aussitôt.*)

GEORGES, *à Satan.*

Et dans cette prison?...

SATAN.

Ça vous étonne?... mais je suis encore ici chez moi!

GEORGES *et* CHABANAIS.

Chez vous?...

SATAN, *riant.*

Certainement... Clichy... c'est l'enfer... de la contrainte par corps!

CHABANAIS.

Décidément, mon petit père, est-ce que vous vous êtes fourré dans la caboche de nous faire croire, à nous... qui sommes très-spirituels... que vous êtes Satan?... plus souvent!... Vous êtes un farceur de société, ou un acteur de province qui cherche un engagement!

SATAN.

Alors, pour vous convaincre, il m'aurait fallu sortir de terre avec une fourche, des griffes et des cornes... Allons donc!... c'est usé!... ma fourche, je ne m'en sers plus! (*Montrant sa main à Chabanais.*) Mes griffes, je me les fais rogner tous les mois!... quant aux cornes, c'est si mal porté maintenant!... (*Riant.*) Tout le monde en a.

CHABANAIS.

Vous êtes le diable... vous?

SATAN.

Oui!... (*Remontant vers la droite et appelant.*) Holà!... garçon!... geôlier!... la maison!... du punch! et vivement!

(*Georges passe à gauche.*)

CHABANAIS, *courant à la porte.*

Oh! oui... du punch!..

(*Satan revient au milieu.*)

GEORGES, *à Satan, d'un ton incrédule.*

Ah!... tu es Satan?...

CHABANAIS, *s'approchant de Satan.*

Laisse donc! il nous fait poser! (*A Satan.*) Je sais bien ce que vous êtes, moi!...

SATAN, *avec une certaine nuance d'inquiétude.*

Ah!... et que suis-je?...

CHABANAIS.

Vous êtes un petit blagueur!...

(*Le geôlier vient d'entrer, en apportant sur un plateau un bol de punch et trois verres : il pose le plateau sur la table et se retire immédiatement. Chabanais va s'asseoir au bout de la table, du côté du mur, et, pendant ce qui suit, verse le punch dans les verres.*)

SATAN, *à Chabanais en riant.*

Tu crois?... (*A Georges, sérieusement.*) Je suis un bon diable... et la preuve... (*Prenant un portefeuille dans la poche de sa robe de chambre et le tendant à Georges.*) Georges, voilà tes deux cent mille francs!...

GEORGES, *prenant le portefeuille avec surprise.*

Mes deux cent mille francs!...

(*Étonnement de Chabanais.*)

SATAN, *à Georges.*

Je te les rends... mais à une condition.

GEORGES.

Laquelle?...

SATAN, *l'observant.*

C'est que tu recommenceras la vie parisienne, avec son luxe, ses fêtes et ses plaisirs!... O Paris!... vive Paris!... (*Allant se placer derrière la table, et restant debout, face au public.*) Vive le punch qui flambe!... vive Paris qui se damne!...

(*Georges, toujours le portefeuille à la main, est venu s'asseoir au bout de la table en face de Chabanais.*)

AIR *d'Hervé.*

Amis, il faut boire!
Oui, j'y mets ma gloire...
Vous ne devez croire

Qu'au Dieu du plaisir !
Au diable tristesse,
Morale et sagesse !
Vive la jeunesse !
Pour la dégourdir,
C'est après l'ivresse
Que l'on doit courir!
Vivent les vins vieux, les femmes jeunes et la table!
Vivent ces enfers, que vous traversez en riant !
Vive ce Paris, car c'est le paradis du diable !
Amis, damnez-vous, pour faire plaisir à Satan !

(Sur la ritournelle, Satan et Chabanais boivent. — Georges seul ne boit pas. — Il semble absorbé.)

La vertu sévère
Aux chastes appas,
La morale austère...
Nous n'y croyons pas.
En vain, jeunes filles,
Vos douces langueurs,
Vos mines gentilles
Séduisent les cœurs.
Jusques à l'aurore,
Nos verres en main,
Nous dirons encore :
« Repassez demain ! »

REPRISE.

Amis, il faut boire !
Oui, j'y mets ma gloire... etc.

(Chabanais boit encore.)

GEORGES, *regardant le portefeuille.*

Mais, c'est un rêve !... Comment, je suis riche !...

SATAN.

A la condition que tu sais... *(L'observant et appuyant sur ses paroles.)* Demain... tu auras des chevaux... des maîtresses!...

GEORGES, *se levant, et d'un ton résolu.*

Merci... je refuse !... *(Il gagne la gauche.)*

SATAN, *venant s'appuyer sur le dossier de la chaise que Georges vient de quitter.*

Hein?...

CHABANAIS, *toujours assis.*

Oui... nous refusons !... *(Il avale un verre de punch.)*

SATAN.

Et pourquoi?...

GEORGES, *avec chaleur.*

Pourquoi?... parce que j'ai assez de cette existence de viveur, de ces nuits passées en orgies stupides, de toutes ces dégradations de l'âme et du corps !.. Oui, Paris donne la gloire, la fortune, l'estime du monde à celui qui travaille!... mais à celui-là, qui vit une coupe de champagne à la main, n'ayant qu'un but, le plaisir !... à celui-là, Paris ne donne que déceptions!... Le viveur doute de tout... de l'ami qui lui tend la main, du dévouement des hommes, de l'honneur des femmes!... il douterait... de sa mère !... Allons, qui que tu sois... reprends ce portefeuille !... *(Il le jette aux pieds de Satan.)* Je suis ruiné !... Eh bien !... tant mieux !... je travaillerai !... Le travail !... c'est la richesse du pauvre !... c'est le pain béni des honnêtes gens...

SATAN.

Ah ! ah !... *(A part, avec joie, en ramassant le portefeuille.)* Enfin !... *(Il gagne le milieu du théâtre.)*

CHABANAIS, *avec éclat et se levant.*

Oui !... c'est comme ça !... nous serons vertueux!... Dussions-nous, toute notre vie, nous faire habiller à la belle Jardinière!...

SATAN.

Vous êtes sourds à ma voix ?...

GEORGES.

Je n'écoute que mon cœur, qui me dit : « Repens-toi et pense à Madeleine ! »

CHABANAIS, *qui s'est rapproché de Satan, prenant sa souricière sur la table.*

Je n'écoute que cette souricière, qui me dit : « Chabanais, renonce au chic, et pense à Tronquette ! » *(Il remet sa souricière sur la table.)*

SATAN.

Comment !... vous vous repentez déjà ?...

CHABANAIS, *avec émotion.*

Le repentir est une plante qui pousse vite, quand le malheur lui sert d'arrosoir dans la serre-chaude de la captivité !

SATAN.

Ah ! mes gaillards... vous commencez à comprendre qu'il y a autre chose dans la vie que de n'y rien faire !... Vous commencez à comprendre que Madeleine vaut mieux que mademoiselle Carmen... et que l'on est mieux aimé chez Jacques que dans la Chaussée-d'Antin !...

GEORGES *et* CHABANAIS, *étonnés des paroles de Satan.*

Hein?...

SATAN, *riant aux éclats.*

Ah ! ah ! ah !... Je crois que je m'attendris !... j'ai une petite larme dans le coin de l'œil !.. C'est drôle, une larme du diable !...

CHABANAIS, *en colère.*

Ah çà, décidément... est-ce que vous êtes le diable, nom d'un petit bonhomme ?

SATAN, *lui donnant un petit coup sur la joue avec le portefeuille, qu'il tient à la main.*

Monsieur Chabanais, vous êtes un curieux !... *(Chabanais remonte et passe à gauche, après avoir repris sa souricière, qu'il va déposer sur le lit.)* Tiens, Georges... *(Lui présentant le portefeuille.)* Reprends ce portefeuille... *(Refus de Georges.)* Sans condition !... *(Georges prend le portefeuille.)* Maintenant, j'ai ton âme !.. mais, bah !... une de plus ou de moins !... J'en fais cadeau à Madeleine !... *(Mouvement de Georges.)* A Madeleine qui t'aime !... et la preuve, c'est qu'elle est encore à Paris, près de toi !... *(Il remonte vers la porte.)*

GEORGES.

C'est impossible !...

CHABANAIS.

Et Tronquette?...

SATAN, *arrivé près de la porte et se retournant.*

Tronquette aussi !... *(D'un ton solennel.)* Chabanais, tu m'as évoqué..... je suis venu !..... *(A Georges, avec satisfaction.)* Georges, te voilà comme je te voulais!... *(Il sort vivement, la porte se referme sur lui.)*

SCÈNE IV.

CHABANAIS, GEORGES.

GEORGES, *regardant le portefeuille.*

Nous sommes riches !... *(Il le met dans sa poche. Pendant cette scène, la nuit vient peu à peu.)*

CHABANAIS.

Et nous sommes libres !... *(Courant à la porte et frappant.)* Geôlier, nous voulons sortir !... geôlier, nous avons le sac !... nous éprouvons le besoin de prendre l'air !...

LE GEÔLIER, *en dehors.*

Oh ! minute !... on ne s'en va pas comme ça !... Il y a des formalités !...

CHABANAIS.

Des formalités?... c'est juste !... *(Repassant à gauche.)* Il est plus facile d'entrer ici que d'en sortir !... *(Avec joie.)* Mais, bah !... nous serons libres demain !...

GEORGES.

Demain !... comme c'est long !...

CHABANAIS.

Oui... mais Morphée abrége les heures !... *(Il se jette sur le lit et se dispose pour dormir.)*

GEORGES, *s'asseyant près de la table.*

Tu as raison !... *(Musique à l'orchestre.)*

CHABANAIS, *après un petit silence.*

Dis donc, Georges?...

GEORGES, *qui s'est accoudé sur la table et a mis sa tête sur sa main.*

Quoi?...

CHABANAIS.

Est-ce que tu crois au diable, toi?...

GEORGES.

Médiocrement... et toi?...

CHABANAIS.

Moi !... pas du tout... je suis élève de Voltaire

GEORGES.

Et cependant, ce personnage étrange... qui se métamorphosait pour nous... et que nous trouvions à chacun de nos pas... tout à l'heure encore... quel est-il?

CHABANAIS, *bâillant.*

C'est, ma foi, vrai !... Ah bah ! nous sommes sauvés !... voilà l'important ! Bonsoir, ma vieille !

GEORGES, *d'une voix assoupie.*

Bonsoir!

(*Ils s'endorment. — La nuit est tout à fait venue. — L'orchestre commence l'air :* Sonnez, clochettes du village. — *Le fond se sépare et laisse voir un petit salon très-élégant : au fond, une console chargée de deux vases de fleurs, et surmontée d'une glace; à droite, une toilette, près de laquelle est une petite causeuse ; et sur cette causeuse est assise une jeune fille: c'est Geneviève. — Sur un petit tabouret de pied est agenouillée devant elle une autre jeune fille : c'est Madeleine.*)

SCENE V.

LES MÊMES, *endormis*, MADELEINE, GENEVIEVE.

MADELEINE.

Tu as fait tout ça, ma Geneviève? et comment?...

GENEVIÈVE.

Oh! c'est bien simple, va!... je sortais d'un bal masqué, et je soupais à côté d'eux au café Anglais, quand ils ont prononcé leurs noms. — Je jurai de te rendre ton fiancé... à toi, qui ne m'as pas oubliée... à toi, qui m'écris ces bonnes lettres qui me rappellent le pays au milieu des tumultes de ma vie d'artiste! La pauvre comédienne a réussi. C'est une bonne action qui lui comptera peut-être un jour!

MADELEINE.

Tu as été leur ange gardien!

GENEVIÈVE, *souriant.*

En leur faisant croire au diable.

MADELEINE.

Et tu veux rester à Paris?

GENEVIÈVE.

Il le faut... Ecris-moi toujours, bonne petite sœur... parle-moi de notre frère Jacques... et, là-bas, pense à moi!

MADELEINE.

Oh! toujours!...

GENEVIÈVE, *l'embrassant.*

Adieu, Madeleine, sois heureuse!..

MADELEINE.

Adieu, Geneviève!... sois bénie!... (*Elles se lèvent et s'embrassent de nouveau. — Le fond se referme. — La musique finit par un forté.*)

SCENE VI.

CHABANAIS, GEORGES; *puis* MADELEINE *et* TRONQUETTE.

GEORGES, *réveillé en sursaut et se levant.*

Grands dieux!...

CHABANAIS, *de même, se jetant en bas du lit et se heurtant dans la chaise qui est à la tête.*

Sapristi!...

GEORGES, *cherchant dans l'obscurité.*

Chabanais!...

CHABANAIS, *de même.*

Ma vieille!... (*Ils se joignent au milieu du théâtre.*)

GEORGES.

J'ai rêvé!

CHABANAIS.

J'ai eu un re-cauchemard!

GEORGES.

Si tu savais...

CHABANAIS.

Si tu pouvais deviner...

GEORGES.

Le diable!... c'était... Geneviève!...

CHABANAIS, *avec éclat.*

C'était Geneviève!... (*La porte s'ouvre. — Madeleine se précipite dans la cellule suivie de Tronquette, qui apporte une lumière qu'elle pose sur la table. — Le théâtre s'éclaire.*)

MADELEINE, *courant à Georges.*

Georges!... mon ami!... comment, vous êtes libre?...

GEORGES.

Libre!... et vous me pardonnez?...

MADELEINE, *souriant.*

Je vous pardonnerai... mais à Paimpol!

TRONQUETTE, *allant à Chabanais.*

Chabanais!...

CHABANAIS, *avec transport.*

Tronquette! (*lui prenant les mains*) ô bonheur!... elle a toujours les mains rouges de la vertu!

TRONQUETTE, *avec dignité.*

Chabanais, je vous pardonne!... (*à part*) mais tu me le paieras, gredin!

MADELEINE.

Partons!... (*Georges a pris son chapeau et mis sa redingote.*)

TOUS.

Oui, partons!... (*Ils font un mouvement vers la porte.*)

CHABANAIS, *s'écriant.*

Ah! sapristi!... J'oubliais ma souricière!

(*Il va la chercher sur le lit. — Tronquette lui prend le bras : Madeleine a le sien passé sous celui de Georges.*)

SCENE VII.

CHABANAIS, TRONQUETTE, GEORGES, MADELEINE, LE GEOLIER ; *puis* JACOBUS. (*L'orchestre exécute en sourdine la ronde des Enfers de Paris.*)

LE GEÔLIER, *entrant.*

Allons, messieurs, dépêchez-vous!... v'là un nouveau détenu qui vous remplace.

CHABANAIS.

Un nouveau locataire?... va-t-il s'ennuyer ici!

LE GEÔLIER, *à la cantonade.*

Entrez, monsieur. (*Entre Jacobus, la mine allongée. — Le geôlier sort.*)

GEORGES *et* CHABANAIS, *surpris.*

Jacobus!...

CHABANAIS, *avec joie.*

Jacobus à *Clichy!*

JACOBUS, *qui, pendant ces quelques mots, a gagné lentement le devant de la scène.*

Hélas!... j'ai eu des malheurs!

(*Il tombe d'un air piteux sur la chaise près de la table. — On le regarde en riant. — L'orchestre joue très-fort le refrain de la ronde des Enfers de Paris. — Le rideau tombe.*)

FIN.

Paris. — Typ. Morris et Comp., rue Amelot, 64.

www.ingramcontent.com/pod-product-compliance
Ingram Content Group UK Ltd.
Pitfield, Milton Keynes, MK11 3LW, UK
UKHW022148260726
13993UKWH00005B/2238

9 782019 976255